烟雨樱花

周小芳　著

北京日报出版社

图书在版编目（CIP）数据

烟雨樱花 / 周小芳著. — 北京 ： 北京日报出版社，
2022.7

ISBN 978-7-5477-4326-3

Ⅰ. ①烟… Ⅱ. ①周… Ⅲ. ①散文集－中国－当代②
小说集－中国－当代 Ⅳ. ①I217.2

中国版本图书馆 CIP 数据核字（2022）第 095228 号

烟雨樱花

出版发行： 北京日报出版社
地　　址： 北京市东城区东单三条 8-16 号东方广场东配楼四层
邮　　编： 100005
电　　话： 发行部：（010）65255876
　　　　　　总编室：（010）65252135
印　　刷： 武汉楚商印务有限公司
经　　销： 各地新华书店
版　　次： 2022 年 7 月第 1 版
　　　　　　2022 年 7 月第 1 次印刷
开　　本： 787 毫米×1092 毫米　1/16
印　　张： 15.5
字　　数： 248 千字
定　　价： 68.00 元

序

一

那么平常，那么经心，那么牵挂

　　我一直以为，书信抑或日记是文学的最本质形式。倘若说文字是对语言的记录，那么文学即是对生活的记录。只是，这记录不可能是复制，亦不可能是抄袭，而只能是对于生活充满情思的聆听。在某种程度上，通过聆听重现的生活要比生活本身更接近生活的真相。

　　表面看来，日记的确不同于书信，一个写给自己，一个写给他人，可那个他人又何尝不是另一个自己？对我而言，所有的作品皆是写给自己的书信。这不是一种自恋的方式，因为自恋者从不会有创造的冲动，更不会有创造的能力。

　　要知道，自恋是对自我的绝对满足，自恋的个体没有自我认知的需要，而写给自己的书信却正是基于某种认知自我的诉求。还有，自恋属于严重的依赖性情感，仅止于自我的欲望，它缺乏写作者在孤独召唤中所乐于奉献给他人的爱。写作是认知，所以也是爱；写作是爱，所以也是认知。

　　阅读周小芳即将付梓的《烟雨樱花》，我仿佛就是在阅读书信或者日记，听她讲述自己日常生活里的所见所闻，讲述那些波澜不惊的喜悦和惆怅。不过，我不是一个窥视者，这样的写作方式不可能将我限定为局外人。我要么是她的收信人，要么是另一个她。在我们彼此之间，视觉是完全可以不被需要的。

　　虽说这本集子里收录的是随笔和小说两种体裁，但当我将其视作书信或日记时，体裁的意义亦便随之消失。总之，它们就是针对我的召唤，我的应答几乎身不由己。之所以身不由己，是缘于那些篇章呈现出的生活恰是对我极具感召力的生活。这不是一种别处的生活，而就是此处的生活，是我的生活——已然经历的，正在经历的，即将经历的，甚至包括可能失落的。

曾有那么片刻，我十分好奇，周小芳究竟是如何做到避免将庸俗琐碎的生活书写成流水账的呢？很快，我便明晓了其中的奥秘。原来，所谓庸俗之于她仅是平凡和慈悲，所谓琐碎之于她仅是短暂和珍惜。一旦她把它们放进时间的长河里，它们也就不再是流水，而摇身一变为易逝的浪花。所有的浪花都成了瞬间和片段，对此，她又怎能不经心？怎能不牵挂？

书中的每一篇幅都是那样的短小，短小得我似乎只能用浅尝辄止或稍纵即逝来形容，而我想，这便是周小芳对于生活片段化和瞬间化的理解吧。一般说来，经心指向的往往是我们身边的人和事，牵挂指向的则多是不在我们身边的人和事。可到了周小芳这里，她显然不愿再做如此区分，于是，她将经心和牵挂合二为一。

正像她在开篇《代父母寄年货》一文里所要表达的，父母牵挂着远方的儿子，她则牵挂着身边的父母。不难看出，周小芳留给父母的文字尤多，如《父亲，您会活得很长》《父亲的小圃》《父亲做笝箕》《给母亲买胸衣》《母亲的萝卜丸子》《母亲的鞋样儿》等，这本身所体现的无不是她的经心和牵挂。经心于当下父母的健在，牵挂于未来父母的不在。毫无疑问，周小芳的这种经心和牵挂正来自于她爱的智慧。经心是由于牵挂，牵挂是为了经心。

不得不说，这是超越了孝道的智慧，它蕴涵着孝道无法理解的属于个人价值层面的自由、欣赏，以及尊重。有鉴于此，在周小芳同父母的日常相处中，我看到，她把感激升华为了爱，而不是将其降低成了亏欠。她和父母之间的相互给予是馈赠，不是放贷；是礼物，不是债务。最重要的是，周小芳让我见证了一种良好亲情关系的生长，它与贫穷或富有无关，亦与控制和顺从无关。

路文彬

2022 年 6 月 17 日写于北京格尔斋

序二

兹有嘉言，出乎东壁

　　《论语·为政》有云："诗三百，一言以蔽之，曰'思无邪'。"余谓文犹是也。吾以善良之心观世界，心存善念，世界则温馨；吾以自然之心写文章，心无杂念，文章则无邪。文章可以照见作者的心灵，文章也可以潜移默化，影响读者的心灵。文章可以影响读者的三观，影响社会的风气。所以曹丕在《典论》中言："盖文章，经国之大业，不朽之盛事。"

　　周小芳乃余楹联弟子。从余学联四载有余。发轫持恒，秀外慧中，广撷博采，每有奇思，不经年即颖脱于众，余常许为才女也。

　　习联之余，又能为文。所作清新悦目，温婉怡神，自然而不矫揉，真情而不造作。于细微处可见格局，于不经意处可见情怀，于平淡处可见精神，于蒙蒙烟雨之际，可见阳光。

宋少强

2022 年 6 月 18 日写于辽宁澄洲书院

目录

序

家园小简

联海畅泳

山水行吟

世象试笔

后记

家园小简

代父母寄年货

一听说今年春节大弟一家将在深圳就地过年的消息，父母就生起了多置办些腊货，让我给大弟寄过去的念头。

"深圳气温高，腊鱼腊肉寄过去不好保存，而且寄过去会不会太浪费钱了？"

我怕父母太辛苦，欲阻止他们的念头，父亲说："你这伢儿，晓得个么事？你弟他们一年到头在外，指望着过年回来爷儿伙的娘儿伙的一起坐坐聊聊。这疫情不稳不能回来，寄些东西过去，也就是一年一度的事嘛！"

母亲说："自己做的卫生些，你弟他们也爱吃，不怕麻烦。再说了，不是有冰箱可以保存嘛。"

父母拉着便携小推车到大菜场采购青鱼、猪肉、配料的时候，我上班去了。那几天，正是寒潮骤袭，街头寒风凛冽，阳台的水龙头、水池都结了冰，父母在采购、迟鱼、腌制的时候，怕是吃了一些苦头。因为晚上去父母家的时候，我发现二老都感冒了。幸好家里备了一些药，及时用热蕲艾水泡脚，只几天就好了。

既然父母要寄腊货，我不能阻止，便趁他们腌制的几日空当，采购了一些本地山药、安徽太湖大豆果，打算一并快递过去。要知道，腊肉、山药、豆果，可是老家过年最美味、最不能少的团圆佳肴。以往大弟他们过年回来，母亲的大火锅都少不了这几样食材，特别是山药，更是餐餐不离，餐餐都吃不够。

不同于别地的长棒形、外表光滑、口感脆甜的淮山药，老家的山药是手掌形、棒槌形，外表很多须毛，汁液黏稠。它独产于鄂东南一带，准确地说应是古蕲州府管辖的蕲（春）黄（梅）广（济）三县，而蕲春尤以桐梓产的山药口感最好。《本草纲目》载，"蕲山药，甘，温平无毒"，有"益肾气，健脾胃，止泻痢，化痰涎，润皮毛"之功效。在物资匮乏的年代，一锅腊肉山药汤，热气腾腾，既美味又温补，一家人在一起，吃的是山药，聊的是年事，补的是身体，一年又一年，就这样温馨似腊肉山药的温性，岁月长流，亲情永在。

其实，往年父母住在农村的时候，这些东西都不用采购。猪是自家养的，一两年养一两头猪，腊月头屠夫上门，叫杀年猪、置年肉，留够自家吃的，其余的都卖了置办年货。有的时候，就直接把猪卖给镇上食品站，换一些钞票，再拿回几十斤肉。肉腌制一些，留着春头菜荒时下面条、煮年粑填饱肚子。

年鱼则是从塆下十几户共有的鱼塘打捞起的鱼了。捞年鱼的时候，鱼塘四周全是人，看热闹的，拉渔网的，大人小孩嬉嬉闹闹的，甚有年味。两个弟弟也总是跟在父亲的身后看热闹，回家时往往弄得一身的鱼腥味。

山药是自家地里种的。长得像手掌一样的山药，父母种了一年又一年，不仅仅是用来做菜吃，更多的是被父亲挑到街上卖钱，贴补家用。豆果是将豆腐切成条状，再用菜油炸透，易于保存。

等父母把腊鱼腊肉腌好，我找了几个硬纸箱子，分别打包快递寄走。

只三天时间，大弟就开心地微信告知，快递收到，有年货了。

2021 年 1 月 17 日写于流畈斋

冬日晨话

立冬日，一夜西风。秋，就这样硬生生地被挤出 2021 了。

我早上出门顶着寒风去上班，走到车库跟前时，听到了咳嗽声，才发现父亲正站在三楼的阳台上。

我大声地说："爸，天变冷了，多穿点衣服，别冻着了。"

父亲听力近几年减退很快，听不清楚我在说些什么，应该是看见我在走，看见我对着他说话，便说："我听不清你说么事啊。"

我又加大声音一字一句地对父亲喊："天变冷了，穿暖和点，别感——冒——了！"

父亲大约是怕我交代他做什么事，便扭头朝向屋里喊道："女儿给我说话，我不知她说么事，你听到她说么事吗？"

我近视又散光，如果没戴眼镜，基本看不清远处的物像，但听力还可以，而母亲视力、听力都正常。

我听到母亲在室内回答父亲："她没说么事啊，是说天变冷了，叫你加衣服，穿暖和点，不要感冒了。"

父亲说："这事啊，我晓得的，也不是个小孩儿。我没你那么蠢的。"

我心里笑着，对父亲挥一挥手，就进入车内，驱动车辆，倒出车库去上班。

父亲就是这样，很强势，有时候还瞧不起母亲，说母亲头发长、见识短，过日子不会打算盘。但是绝大多数时候，特别是近些年，听力下降后，特别地依赖母亲。母亲对他，也基本上是吃、住、穿全方位照顾，细致入微。

而母亲亦是十分地依恋父亲，早晚散步，寸步不离，上街、逛超市更是前后相随。二人同行时，母亲走在父亲身后侧，从不会并肩走，更不会走在父亲前头。

父亲有一句话常挂在嘴边："你母亲她好大一些蠢，总要我带着，热闹处、人多处，我不带着，她会掉的。"

而事实上，多半时候都是母亲在照顾着父亲，谁蠢谁不蠢，怎么理得清呢？

话说回来，这蠢不蠢的话，岂又不是情侣之间常用的爱怜之词呢！

能被自家男人说蠢的女人，都是幸福的女人。

2021 年 11 月 8 日写于流眄斋

父亲，您会活得很长

76 岁的父亲这是第二次安排后事了！

摊上这样的事，我是又心塞又心痛，过后又是难过！

昨天早上 6 点才过，就被母亲电话急催过去，母亲说："你父亲好不舒服，你赶紧过来！"

父亲几年前查出有心脏病，几次三番住院，吓坏了我们，弄得我总怕突然地接到父母电话。这不，看到几个未接电话都来自父亲和母亲的手机，心里一咯噔，慌乱地从 G 栋 6 楼跑到 F 栋 3 楼。

一进去，看到卧房里父亲正在呕吐不止，看他的神色尚可，我心里就有谱了，父亲身体没大碍！

我问："早上吃了什么吗？"

"没吃啥，想起床，就天旋地转地晕，吐。"

"喝了一袋午时茶。"

"昨晚上吃什么了？"

"面条。散步后，热得很，回来吃了冰西瓜，还是渴，又喝一罐冰饮料，坐了一会儿，还是渴，又喝了一杯下午泡的鱼腥草水，就这么多。"

"昨晚开空调了吗？"

"开了，26 度，一夜到天亮。"

父亲、母亲同时告诉我这些，父亲在"哎呀、哎呀"地叫唤时，我用母亲平时用的高血压测试仪给父亲量了血压，显示正常，我更放心了。

父亲却拉着我的手，叫我打电话叫小弟过来："我这次大不一样，一动就头晕，转啊转得厉害，叫你弟来，我要和你们说些事儿。"

我倒杯开水，用两个杯子交换兑冷，递给父亲漱口，柔和地跟他说：

"不要怕，你血压正常，不会中风；你心脏没犯病，更不怕；你是吃了凉东西，受凉了，晚上空调温度过低，身体中凉气了。不要怕啊，没有什么大碍。"

父亲听了我这番话，似乎放松了一些，我见他好一点了，就把他的枕头和毛巾被叠好放到他背后，让他靠上去，见他头部还很空，就把床上另一个枕头塞进去。

小弟这个时候过来了。父亲又是如此一番的述说，逻辑十分清晰，只是时不时地要吐，一动头就晕。

他叫我和小弟靠近他身边坐下来，叫我把衣柜里的一个黑皮包拿出来。父亲从大包里拿出小包，翻出一些证件和卡。一一对我和小弟还有旁边的母亲交代着，父亲一边交代着，一边流眼泪。

然后又叫我把床头柜最下层的一本公文纸拿出来。之前我从未动过父亲的床头柜，一拉开，十分惊讶里面的物品摆放十分整齐，没有丝毫的杂乱，这可比我的办公桌抽屉整齐一百倍了。

我翻到放在最下面的一本公文纸，第一面纸上父亲工整地写着他的后事安排事项，具体到塆下哪些人做什么事，给多少钱，给什么烟，都写得一清二楚，时间是 2015 年的某月某日。

这张纸我们是第二次见到，上一次是前年父亲心脏病发作，送到医院去之前见到的。

见到这张纸，我心塞得要命。我要强的父亲，爱操心的父亲，一辈子操劳不止，连自己的后事都要一一为儿女安排好。

可是，父亲的身体状况明明没多大问题呀！他为什么总是害怕自己会走了呢？

母亲早上熬了红枣稀饭，问父亲吃不吃点，他说喝一点清的。吃了小半碗后，人好多了，我们扶他躺下后，坐在客厅里，我浮想联翩，心痛得不行。

生老病死人之常情，每个人都无法逃脱。我心痛父亲想不开，以往怕心脏病突发，这次又怕中风——这些从他平时的话里听得出来。我想劝劝他，心放宽些，可是不知为什么，每次总是有些怕他。年纪大了总是有些纠结的事，但愿上天保佑，让我父母长命百岁。

2020 年 6 月 14 日写于流眄斋

父亲的小圃

　　父亲的小圃在小区偏僻的一隅。它紧挨着围墙，一长溜大小不一的花盆、废弃塑料盆三排并列摆在下水道的盖板上，太阳从围墙的上方毫无遮挡地洒向小圃。无论春夏秋冬，风霜雨雪，小圃敛结着不一样的青绿与成熟。

　　花盆里栽种的并不是花花草草，而是中草药鱼腥草，以及上海青、厚皮菜、西红柿、黄瓜、丝瓜、辣椒等应季蔬菜。

　　这么多品种，怎么会种得下呢？当然不是一次性栽种这么多品种的。父亲每年每一个季节种植的品种只有一两种，比如去年立冬以来，种的只有厚皮菜，小花盆里栽一棵，大花盆里栽两棵，今年雨水多，雨后那大大的、嫩嫩的、厚厚的皮菜叶，铺满了花盆，清灵灵的绿看着就舒服，更不说佐以汤面、佐以火锅的新鲜美味了。

　　厚皮菜在4月下旬的时候，就抽薹结籽了。父亲扯起厚皮菜，买回黄瓜秧苗、丝瓜秧苗或者辣椒苗栽上，开始新一轮的种植了。父亲不知从哪里弄回来许多的枝条棍棒，用包装带子搭起架子，让黄瓜或丝瓜的藤蔓顺势攀缘，小小的一隅俨然成为一个绿色的小王国了。

　　蔬菜成熟时节，黄瓜、丝瓜往往结得多得我的小家、父母都吃不了，父亲就送给小区的邻居吃。邻居不好意思要，父亲说自家种的，吃不了，别客气。时间久了，碰到邻居们，他们会说，今天又吃上了你父亲种的丝瓜了，好新鲜。

　　父亲种黄瓜、丝瓜还有一件特别有趣的事，那就是每天采了多少根，是自己家吃了还是送人吃了，都用一个小本子记下来，有一次我无意中看到了，忍俊不禁。父亲说，记着好玩，就是想看看丝瓜、黄瓜到底能结多少根。而我，则特别喜欢钻进瓜架底下，探头瞄中一根新鲜的黄瓜，掐下就吃，那脆脆甜甜的新鲜黄瓜的味道，让我瞬间就有穿越到童年时的菜园里偷摘黄瓜吃的感觉。

鱼腥草则是固定在最角落的一个小方块里栽植，父亲每年都种。每年二月中旬的时候，父亲就把那一小块圃地清理干净，埋下头年留下的鱼腥草根。一天天的发芽、抽枝，待白色的花儿开满小圃的时候，鱼腥草也快成熟了。待到端午节那天的正午，父亲扯起鱼腥草，洗干净，晾晒在阳台上，晾干后用剪刀剪成一小段一小段，装好，放在柜子里，一个夏天的清热祛暑茶就准备好了。鱼腥草泡水喝具有清热解毒、消痈排脓的作用。小时候我住在农村，大热天干农活，田里一脚、沟里一脚，头顶太阳晒，脚下暑气蒸，毒气重，为避免生疮长痈，家里堂屋的四方桌上，总是泡着一大盆鱼腥草水，大人小孩一回家，咕噜咕噜就是一大口。

待鱼腥草收拾好了后，父亲把小圃的土深翻，晒几个太阳，就栽下辣椒苗，过不了多时，秋辣椒上场了。父亲不吃辣味，栽的辣椒多半都是种给我吃的。虽然不多，但是采摘的过程是很惬意的。盯着大的，看着小的，想着明后天还会有长大的，这样每天都能见到生长，内心不知有多么的喜悦。

上海青是什么季节播种的，印象不太深了。好像只要小圃空着没多久，一盆又一盆的上海青菜苗就冒了出来。父亲何时撒下的菜籽，我没看到，但是嫩菜一茬又一茬地吃着，这个是看得见的。特别是下雪天，清嫩的菜叶上洒满了洁白的雪花，我总是停伫在前，低下头，像个孩子似的双手捧起洁净的雪花，团成团子，双手冻得生疼也舍不得丢掉。

父亲是农民，靠种责任田养活了一大家子，供养我们姐弟三人读书进学。老了进城住，有这么一隅小圃供他聊以打发闲下来的时光，亦能让我时不时地忆起小时农村的田园生活。在他盘弄小圃的时候，邻居们也会站在一边看着，父亲往往会自言自语，这哪叫做农活呀，以往在农村里，每天做的活是这几百倍多。邻居笑着说，这不一样，这叫老有所乐。

谁说不是呢，他们这是羡慕。

2021 年 5 月 19 日写于流晒斋

父亲做筬箕

下午下班去小区门卫室拿"双十一"的快递包裹时，门卫师傅喊我："你屋老儿在你家车库门口编筬箕呢，你看到了吗？你屋老儿真是找不到事做，这竹片儿会把手都割破的。"

本地方言"老儿"，是指家里的长辈，父母或者公婆，一种大众化口语化的称呼，没有什么贬义。门卫师傅说的老儿是我的父亲。

我边找我的包裹边回答他："看到了，看到了。他手不会弄破的，我刚从那边过来，问了他的。"

我曾经在《父亲的田》一文里写过，父亲年轻的时候，干农活什么的样样都在行，样样都比塆里人强，故被塆下人称为"周师傅"。用细竹子劈成竹片儿，用竹青部分编竹筬箕，于父亲来说是小菜一碟。农村挑土粪、挑塘泥、挑秧苗、挑红薯、挑土豆、挑山药，挑营养钵，等等，都要用上竹筬箕，农活多特别费筬箕，一担筬箕用不了多久就会残缺不全，难以续用。虽说不值几个钱，但是每天的农活都离不开，实则是农家必备之物。记忆中每天筬箕用完后，都要被祖父母收拾好放在屋门前的两个门洞里。要是遇上在田里做完活，筬箕忘了带回来，祖父祖母还会训骂父母。别人家要用是上街去买，而我家要用，都是父亲用门口的两大篷丛竹做的。随便砍上几根，一个雨天的午后，或者一个明月朗照之夜，一担新的筬箕就在父亲的手里做好了。

原先父母住在农村老家的时候，我好几次回家都碰到父亲在门口的稻场上做筬箕。父亲坐在一个长条的木凳子一头，长长的竹青片儿（约1～2厘米宽，1厘米厚）在他的手上灵巧地翻飞，嘴里还时不时地含住一片短的竹片，适时取下来穿插进去。长凳子的另一头整齐地码放着已削好的竹青。脚旁一堆削掉的竹黄，还有几只觅食的大黄鸡在啄吃着虫子。太阳照在他的脸上格外的祥和。我最喜欢看父亲这个样子，有一种说不清楚的平和的情愫让我的心感到悸动。有时候，他也会在大门边上，倚着门框抵住长条凳，用刀削一根竹子。我一声叫唤"我回来了"，父亲就会抬起头笑着朝屋里喊"女儿回来了"，我知道那是喊给我母亲听的，让母亲知道我回来了，给我弄好吃的。父亲手里的活儿继续在做，我会走过去蹲在他的身边看他飞针走线似的把竹青编成筲箕。父女俩问着各自牵挂的话儿，有时候笑几声，说话的当儿，母亲已做好了饺子，或者萝卜丸子，或者芝麻花卷，或者粉丝泡蛋汤。可爱的父亲有时候由于长时间低头，鼻涕垂下来都不知道，我淘气地拿竹黄给父亲揩鼻涕。但是这样的时候很少，毕竟我自小到大比较畏惧父亲。

五年前，父母搬进城里住后，自然是再也没必要做筲箕了，地里农活不做了，城里搬运东西何曾有用筲箕的？而老家的筲箕都被邻居们顺手拿去用了，父亲有时候回去看到，还曾有些许的失落与叹息。

这次陡地看到父亲做筲箕，惊喜之中，我有太多的疑问一一提出：

竹子在哪里砍的？

砍刀啥时候从老家带来的？

还有这条长板凳啥时候拿过来的？

你也不戴个手套，一不小心把手割破了怎么办？

我是开着车下班回来，远远地看到父亲坐在自家车库门口，一如往日在老家的样子编筲箕，就摇下车窗，大声地笑着问父亲这么多的。

父亲看到我回来，立马起身把东西挪至旁边，让我车子入库，"嘿嘿嘿"地笑着也不回答我的问题。

我泊好车，一如往昔那样蹲在父亲的身边，嬉皮笑脸地逗他："周师傅的手艺可是一点都没废啊，你可以多编一些拿去摆摊啦。"父亲却嗔笑着说："打电话叫你母亲回来，把这些竹黄扎起来，丢到垃圾桶里去。"

我没有问父亲编筲箕到底有什么用，我也知道父亲编的筲箕在城里根本用不着。一如父亲每次看到我，一摞一摞练习书法的废纸堆码在车库里，根本不问也不反对一样，我们是从各自的爱好中得到了一种乐趣和认可。我猜想，父亲抑或是在城里找到了他久违的经年耕作的滋味，还是体味到了曾经拼命劳作、养育老小的酸甜苦辣？

门卫师傅自是不能体会父亲的所作，一如很多时候他们诧异于我作为一个女子喜爱网购书、纸一样，不能领会其中的快乐和幸福。

2020 年 11 月 14 日写于流眄斋

盖棺

这是一个寒冷的午后。十多天的阴雨连绵，寒气骤袭，雨脚才收住了一天，这又细细地若有若无地飘向车窗。

"这天真是的，太阳花才晒一天，又下起雨来了。"坐在后排车座上的父亲长叹一声说道，"不过，该办的事总算全都办好了，谢天谢地。"

前天父亲就对我说，这个周六抽个空，你送我和你母亲回老家去一趟，家里有点事要办。

父亲一向做事很有主见，对我问的说的，他觉得不对的，往往总是一句话就回了我："你这个伢儿，你晓得个么事……"然后，有条不紊地完成他所要做的事。

当我发现他把"双十一"我买床的外包装袋子，折叠整齐，装进一个大蛇皮袋子，然后满满地塞进我车子后备厢时，我疑惑不解地问他带这个做啥，父亲只看我一眼："你这个伢儿，你晓得个么事……"就只字不提回老家做什么。

在彭思街上，父亲让停下车，说找和贵有点事。和贵比我小几岁，小时候一个塆下长大，母亲说他没读出书，就学了木匠，凭手艺养活一家人，还在街上做起一栋楼房，也算是不错的。

和贵骑上摩托车在我的车前面跑。父亲说："靠手艺吃个饭，算是养活了一家人。可是，终究没有读出书，一辈子没离开一个农字。"

母亲不同意："没读出书也有没读出书的好，起码你这回要做的事儿，还是他给你做好的。"

父亲回老家来到底是做什么呢？当他步上老家二楼楼梯，嘱我提上那个大蛇皮袋子的时候，我似乎明白了什么。

和贵说："油漆早就干了，不过肯定没新的好，毕竟已放了十多年了。"

两具深红色的寿枋赫然停放在二楼。油漆一新。乌红色的油漆在暗处透着幽幽的光。它们就那么赫赫然地，呈现在我们几个人的面前。

我是第一次见到它们。但是早就听母亲谈过，父母六十岁时，父亲就为自己和母亲置办了百年后的寿枋。

父亲很细心地与和贵把两具寿枋摆整齐，把挪开的上盖一一轻轻地盖严，把旁边堆放的拆老屋的横条、木梯、长板凳一一整理好，目的就是腾出空间，让两具寿枋周围干净整洁。

父亲拿出蛇皮袋子里的包装袋子，开始一层层地覆盖寿枋，和贵配合他，很有耐心，一共盖了四层。每个角父亲都细心地扎好，不让露出一点儿来。那些外包装袋子可真大，特别是包装一米八宽床垫的外包装，扎实、厚重、宽大，深褐色的，双层，既可以挡光又可以挡灰尘，父亲把它作为最后一层覆盖其上，我看着，哪怕是狂风暴雨来临，也足可以抵挡侵袭。

他们在忙着，我则用手机的手电筒给他们打亮光。很奇怪，他们忙这些时，竟是这么的坦然和从容，我的内心却早已翻江倒海了。

人生在世，纵使长命百岁，生命终会走向尽头。可，这是我的双亲……我只期望他们永远不要离开！

回程的车上，我对父母说，前几天的晚上，我去看了一部电影，主人公是个女教授，96 岁了还健在，大脑灵晰得很，还给学生讲课呢。

父亲听了，好半天才说："你这个伢儿，你晓得个么事。就算活一百岁，也总是要离开的。人生在世，就是这么回事，帝王将相，才子佳人，哪个不是这样过来的？人就是个虫儿，有生就有灭的，不怕。"

一路再无言，到家时仍是阴冷的细雨。

2020 年 11 月 28 日写于流眄斋

给母亲买胸衣

母亲总算主动要穿胸衣，并让我给她买了！

母亲是土生土长的农民，就算住进城里几年了，一直都不穿也不愿穿更不肯穿胸衣。以前家里困难，那个年代全家老小的衣服穿着，都是买布料回家，请裁缝上门做衣服。农村妇女既没有穿胸衣的习惯，也没有多余的钱买布做胸衣。而几十年的农活，风霜雨雪里养家糊口的重担，早就把母亲的身板变成了中国农村最最普通的中老年妇女的身材，那对哺育了三个孩子的乳房，下垂变形，冬天有厚衣服裹着还可以将就，夏天薄薄的衣衫，始终不能遮住没有形状的胸部，整个人显得格外没精神。

就要求母亲穿胸衣之事，母亲进城住后，我先后委婉地说过几次，因为这毕竟多少有些害羞。母亲的话头是这是你们年轻人穿的东西，我个老年人怎么要穿这样的衣服；几十年过来了，都没有穿。我就说，穿上会好看些。母亲立马答，老年人要什么好看啊，老年人都是那个样子，老了穿什么都一个样，不好看；你莫买，你买了我也不穿！

说归说，做归做，去年的时候，我还是买了两件最普通的胸衣放进母亲的衣柜里。说不定什么时候母亲自己想通了，自己穿上呢。

昨天母亲节，带母亲上街买夏天衣服。在试衣间，母亲脱掉薄外套，我一下子看到里面的白色短袖衫子里露出了胸衣的形状。我欣喜万分，说道，噫，你什么时候穿的，你总算是想通了肯穿了，怪不得好看多了呢！

母亲竟有些不好意思了，说道："才穿没多长时间的呀。那几个一起走步、买菜、玩儿的女的都穿了，她们叫我也穿，我就穿了。"

这样啊，我开心地大笑起来。

母亲说，两件不够换洗，你再给我买两件吧，大热天爱出汗，天天要换洗，怕下雨不好干。

我高兴极了，行啊！马上网购！不记得尺码了，快让我看看尺码吧。

母亲听说我要掀开衫子看尺码，竟有些不好意思起来了。经不住我的要求，让我看了。因为是才穿没多久的新衣，尺码很清晰地印在上面。

我在手机记事本上认真地记下数字，回到家里即刻网购了两件。微信付款的钱，正是儿子早上发来的母亲节大红包。

这是今年母亲节最开心的事了。

2019 年 5 月 14 日晚写于家中

捡枞毛丝

周末的下午，陪母亲上独山森林公园散步。独山幽深而又干净的人行步道两侧，原生态茂密的马尾松林，夹杂生长着许多栎类、荆类、油茶类杂灌木，显得格外的饱满和神秘。而稍微稀疏一点的树林下，厚厚的松针和松树球铺满林间，像一层深色的地毯覆盖在上面。母亲叹道："这么多的杂柴、枞毛丝（即松针）和枞树球（即松树球），这要在以往，俏得不得了，稀罕得不得了。现在烧天然气、烧电，堆得这么深了都没有人要。"

小时候的家里，屋头边总是堆着一大堆的柴把子，这些柴把子是用稻草掺杂着枞毛丝、枞树球，由两个人合作用一个竹搞子（一种土式农家工具）搞成的。柴把子多半是母亲放，我搞；有时候是祖母放，我搞；如果我上学了，那就是母亲放，祖母搞，放的那个人手掌经常被刺、被芭茅划出许多深浅不一的口子，很疼。那个时候，母亲的手掌特别是虎口处，常有许多裂口，深的像小孩的嘴一样张着。柴把子用稻草做成的要子（类似于绳子）捆好，一捆一捆地码成堆，一大家子做饭、烧水全靠它。

我问母亲这些柴把子里的枞毛丝、枞树球，都是她跑很远的山上捡回来的吧？

我这一问，无意中打开了母亲的话匣子。母亲说，是啊，都是我捡回来的，你父亲只陪我去过几次。我见母亲讲得起劲，就拉她在路边的休闲凳子上坐下来，让她细细地讲捡柴的故事。

那是上个世纪七十年代，特别是责任田分到户后，每年农历九月份，秋风起凉，树叶开始掉的时候，他们就计划着上山去捡柴了。一般天气晴好的时候，每天都起早去捡，到中饭时就捡一担柴回来。每年要捡二三十担柴才够用。算起来，都捡了二三十年的柴了。

她去捡柴主要是同塆下的升田细爷、春姑三个人一起去。升田细爷前年已作古人了，他会找柴多的山。塆背后的山上没有多少柴捡，他们三人主要是到两个地方去捡：与我们相邻的浠水县红星大队蓝家大山，以及本县长石二大队（现属横车镇）苏坳山。去得最多的是浠水蓝家大山。那里山大、树多，每次去都没空手。

到浠水蓝家大山，天微微亮就要起床，简单弄点吃的，三人就约好了出门。从塆背后的洞佬山翻过去，有十几里路远，要走一个多小时才能到，这算走得快，如果走得慢，要两个多小时。升田细爷叫母亲和春姑每人带一个扁担、两根绳子、一个竹笆子、一把砍刀，回来时捆"吊捆"，一担大约六七十斤；说女人力气小，远路无轻担，回来这么远，越挑越重，就捆"吊捆"轻一些。他则带一个冲担（两头带有铁尖的那种木头扁担）、四根稻草要子、一把砍刀、一个竹笆子，回来时捆的是"长捆"，每担有八九十斤。后来，母亲见升田细爷的一担"长捆"比"吊捆"多好多枞毛丝，反正也是要走这么远的路，走累了中间多歇几趟，她也带冲担捆"长捆"回。再后来，春姑也学母亲，带冲担捆"长捆"，升田细爷说她们：两个伢儿，不要年轻的时候逞英雄好汉，到老了，腿脚受不了。

不管是捆"吊捆"还是"长捆"，都要砍一些枞节垫在底下，这样捆起来不会散。枞节就是林场工人疏林时砍枞树枝杈留下的那一些小节节。浠水蓝家大山上树多树大，这些枞节好多，但是不敢多砍。他们去的时候，大队干部问他们从哪里来，升田细爷说都是邻居，不远。大队干部说："你们的口音我知道，捡柴捡过了界，蕲春的跑到浠水来了。"升田细爷给他说好话："我们那里没山没树没柴烧，我们保证只捡拾一些枞毛丝枞球，杂柴都不砍。"

每年到了捡柴的季节，山上很多人，越捡就要越往大山里面捡，有时候树太密了还是有些怕。升田细爷就交代要走在一起，这样即使有个三长两短的，相互有个照应，来得及，叫得应。不过深山里有乐趣，母亲有一次捡到了一支七彩野鸡毛，好长一根，捡回来我祖父说，要是一对儿就好了，县剧团演戏要收的，可以卖点钱。

到长石二大队苏坳山上去捡柴，是从夹河大队周上塆穿过去，也有五六里远的路程。不爬山，都是平路，来回轻松一些。由于长石一大队、三大队、七大队，还有我们这大塆下的这么多户，都去苏坳捡柴，所以每年捡不了几担，山上就搞光了，没有柴捡。

我说，塆背后不是也有山嘛，怎么不到背后山上去捡，要跑这么远？

"你个傻伢儿，这么近的柴，哪个屋里不想要？家家户户早就只捡一两担就不够用了。更何况屋背后山上也没栽多少树，你想想，连责任田田岸每年都割得干干净净，还有稻草、棉花秆、高粱秆、芝麻秆都晒干了，扎成把子烧，一大家子七口人，要吃要洗，哪里够用啊。现在好了，烧的有天然气，有电，哪个还上山去捡柴烧，就是把整棵的大树给你做成片柴烧，还嫌占地费力。"

我陪母亲继续往上走，迎面很多散步的人，步伐快的、步伐慢的，都很悠闲自在。母亲说："现在人真是享福。以往去捡柴，山上哪有这么好的路？哪有这么多人闲得没事到山上逛逛走走？"

母亲走到路边，伸手捡起一个掉在杂灌叶子上的枞树球和几束枞毛丝说："就是这个，晒干了搞在稻草把子里，做饭时火焰大，好烧。烧的锅巴粥好香。现在都不用这些了。"

我告诉母亲，现在好多农家乐，又用这些枞树毛丝枞树球蒸饭煮锅巴粥了，还有烫豆粑，也是特色美味。

母亲说："那怕是吃腻了城里的伙食，想回归农村的伙食了。那柴灶火做的饭菜是要比煤气灶做的饭菜养人些。怪不得总听到你们说去吃农家乐。原来是这样一回事。"

我嘿嘿地笑了，挽住母亲的臂膀说："下次带你和父亲去吃正宗农家乐，就是那种用枞毛丝枞树球烧柴灶做的农家乐。"

2021 年 5 月 30 日写于流眄斋

精灵古怪的小侄女儿

我有三个侄女儿，最小的侄女儿小围随她爸妈住深圳，每年春节时才回来。

小围今年7岁了。以往每年春节回来与我若即若离，说是不黏我，也不对，她总是有意地把"姑姑"喊成"猪猪"，偶尔可以让我背着她逛街逛公园；说是黏我，也不对，很少主动喊我，让我陪她玩，有时候我想陪她玩，她还不乐意。可是己亥春节回来时，小围变化太大太大了，昨天她随爸妈回深圳，我竟然难过不舍了好久。

小围爱笑，爱问为什么，爱恋着我与她玩玩具玩游戏。

"猪猪，爸爸说你会捉蚊子，什么是捉蚊子呀？为什么要捉蚊子呀，猪猪也教我捉蚊子吧！"

我正一愣一愣时，弟弟偷偷跟我说："我把你会写文章告诉她，叫作会捉蚊子。哈哈哈！"

腊月二十八在父母家吃饭，一大家子人暖烘烘地喝茶聊天，小围过来把我拉进玩具房，让我和她一起玩。一个大箱子里装满了每年春节我给她买的玩具，她翻出一个美甲盒子，坐在软垫上，让我伸出双手，要给我做美甲。只见她轻言细语地告诉我，这个怎么做，这个是做什么的，然后有条不紊一步一步地给我做了一个美美的小指甲。小小年纪，动手能力那么强，举手投足那么细腻、冷静，让我大为惊讶。

一大盒子橡皮泥，她可以做出多种好玩的小动物，甚至她还教我怎么做。教的过程中还告诉我，为什么要这样做。

一个装着一只迷你小狗玩具、几颗巧克力、几根棒棒糖的方形小盒子，只因盒盖印满了粉红色的樱花，被小围命名为宝盒。我给她的时候，哪里会想到她这么喜爱呢？她说"猪猪给你看我的宝藏"时，我被可爱的小围天真的性情震住了。一件普通的物件，她都能找到和发现快乐呢！

各种各样的彩色珠子、仿钻石，都被编成了小手链、项链、毛衣链、发圈，她告诉我是和妈妈一起编的。几颗大的仿钻石，她逐个告诉我粉色的、紫色的、白色的，玩的过程中不敷衍、不急躁，一副乐在其中的样子，令人陶醉。

陪她玩的时候，时间坐长了，我起来伸伸懒腰，扭扭颈肩，小围问："猪猪怎么要扭呢？"我说："活动一下，坐累了。"小围立马站起来说："猪猪你学我，双手在背后交叉，然后举起，低头，双手使劲往前压。猪猪，每次做二十个。你看我厉害吧，我的双手可以压到地下呢。"

我把这些说给我弟听的时候，弟弟大笑说："这都是我教她的，挺不错的吧！"

小围饮食很独特，菜蔬只吃一样东西：土豆。鸡鸭鱼肉一概不吃，各种蔬菜不吃，只吃各种做法的土豆。干煸的，肉炒的，红烧的，油炸的，每餐有一盘土豆，就是她的大餐。过年在我家吃两顿饭，我用回锅肉干煸的土豆，吃到只剩下几片没炸干油的肥肉丁，还要吃，被她爸妈拦住了。真是百吃不厌，胃口还超级的好，弟弟说在深圳，有时候要吃三碗饭，逼着不给吃才放下。

爱吃土豆的小围，长得身材匀称结实，一双大长腿特别结实饱满，小脸蛋婴儿肥，一双乌黑发亮的眼睛骨碌碌的，显得尤为精灵可爱。漆黑的过肩长发被她妈妈梳成公主发辫，胜似可爱的"小公举"。

正月初四的晚上，小围硬要我和她一起在父母家吃饭，我说家里有事呢，我吃完饭再来和你玩吧。她拉着我不放，然后说："猪猪，你等一下如果不来，我一辈子都不理你了！"说得一屋子的人大笑不止。

晚饭后约八点半我去时，小围已洗好了澡偎在床上。小围拉我到她的身边，然后靠在我的身上，边用手抄本写英语作业边和我、她妈说话。

我说："小围明天回深圳了，会不会想姑姑呀？"

　　小围把头转向我一愣，然后转向她妈妈说："妈咪，你把猪猪带到深圳去，好不好？"

　　"好呀，那姑姑住哪里呢，小围？"她妈笑着问。

　　"让猪猪住我的小房呀！"

　　"那姑姑要上班拿工资吃饭呀！"

　　"你让猪猪去学校上班呀，妈咪……"

　　小围姨妈有个女儿，是在学校当老师的，她小小的心里理所当然地以为也可以让我去学校上班的。

　　我感动得快要流泪了，果真是血浓于水啊。小围这么个小小的可人儿，这一年怎么就成长得这样的乖巧懂事、疼人呢！

　　湖南卫视有个节目，就是孟非和一些小朋友做节目。那些可爱的小朋友天真活泼，一身的精灵古怪劲儿，常常让孟非哭笑不得。小围私毫不逊色于这些上电视的小朋友。我对她说：

　　"小围，叫你爸爸把你送去和孟非斗法吧，他保准斗不赢你！"

　　小围立马说："猪猪，什么叫斗法呀？"

　　什么叫斗法？我这随口说的口头语，却被小围问住了。突然，我急中生智："就是孟非被小围斗得没办法了呗！"

　　小围开心地笑个不停。

　　私下里我同弟媳、弟弟交流，感叹小围这一年的成长令人刮目相看，称赞他们会教育孩子。弟媳说，关键是靠我弟弟，善于引导启发。一个问题来了，不直接给答案，而是要她开动脑筋，多个方面去思考，即使错了，也要说出个所以然。这就是说要善于启发孩子主动去问为什么，不要急于求成地告诉她答案，要循序渐进地培养她热爱学习的兴趣。

　　髫年小女初长成。期待咱家的小围，下一个春节回家时，带给我及家人更多的惊喜。

2019 年 2 月 11 日写于流晒斋

来，让我挽您的臂弯

晚饭后去父母家，把去乡村采风带回的东西送过去。我见包装特别精致，怕母亲无法开拆，就边拆包装，边和母亲聊天。

不知什么时候，母亲倚在了我坐的沙发靠背上，并且突然用手轻轻地抚摸我的头发好几下。

母亲抚摸我头发第一下的时候，我吓了一跳，继而心头一紧，一股别样的感觉自心头腾起。

我没拒绝，也没把头偏开，装着很自然地聊着天。

不知怎的，对母亲如此慈爱的举动，我志忑了一整天。

母亲一辈子生活在农村，近几年才从乡下住进城里。起先与她一起散步，想要和她一起并肩走，她都会拒绝，想要挽她的臂弯，牵她的手，那更是不可能。除非过马路、走斑马线，不安全，她才会勉强地让我牵着她的手，一俟走过马路，手立马放开。电视剧里母女间的那种肌体经常亲密接触的亲情场景，我尝试过几回，母亲就拒绝过几回。

当她拒绝我欲搂她肩膀的时候，总是会说"走呀，莫这样"；当我试探性地欲牵她的手一起散步的时候，她双手摊开摇着说"你走啊，我走得动的"；当我想与她并肩而行，有意慢下脚步跟在她身侧的时候，她总是说"你前走啊，我在后头"。

她这次突然地抚摸我的头发，竟让我如此不适应。母亲这是怎么了？

而我与儿子之间，为什么不存在这样的情况呢？不管是散步，还是逛街，抑或旅游，绝大多数都是并肩前行，有时候还相互牵着手，挽着臂膀，遇到上坡走不动了，儿子会走在前头，拉着我的手给我以力量。我从来没有抵抗过儿子想要表达母子亲情的外在举动。

是因为母亲一直生活在农村，不习惯也从没有这样表达过对儿女的慈爱？还是电视剧里本身就虚假做作，现实中老一辈的母亲对待儿女都是这般？还是老母疼爱女儿，下意识的一种自然流露？

我猜想，应该是外出读书、参加工作、出嫁离家，离开父母久了，父母都忘了孩子们依偎在身边的情景，对儿女们想要表达的亲情方式一下子难以接受。既爱又恐，面前的儿女已然不是曾经在怀里打滚的小儿女了。

不管如何，下次陪母亲散步，我定要再试着把手伸进她的臂弯，看她还是不是坚决地拒绝。

2021 年 11 月 14 日写于流眄斋

旅游不是看风景

旅游是亲情的大聚合

47 人的两日旅游团，分别来自黄石、大治、阳新和黄冈的蕲春等四县市。旅游的人员到底来自哪些旅游公司，也不得而知。我是通过一位"驾友"的老婆玲玲订座的。等了好长时间，才被微信告知 5 月 1 日、2 日所有的短程游全都满员，只有 3 日的长沙、韶山两日游还可排座。正好有一回听父亲说过，想去伟人毛泽东的故居看一看，于是微信回复玲玲，两日游成交。

限载 55 人的旅游大巴，甚是高大宽敞，且由于没有满员，我得以一人占据两个座位与父母同排，这让父母担心晕车的心多少放松了一些。等至人员陆续到齐，地导统计人员及分组时，煞是有趣的场面出现了。47 人，分 15 个小组。除了第 13 组的 3 个人，是同事相邀一起而外，其他的小组全部都是家人集体出游。父母带孩子、父子俩、父母儿子孙子孙女、母亲女儿外孙子、小两口加孩子、小夫妻等，年长者占了不小的比例。还有几个小孩同行，其中一个不到三岁，行程中非常闹腾，让一个大团队看起来层次分明，活力十足。

其实出游之前，我做了父母一番思想工作。父亲非常想去，母亲担心父亲身体，又怕晕车，极力不想去。我反复做工作，后来以报名钱已交无法退为由，几乎是连哄带骗地让父母上了车。我对母亲说："谁敢确定自己的身体百分百地没毛病？谁敢说出去旅游的人个个都是身体倍儿棒？"

在车上，父母见到那么多同龄人在儿女的陪伴下出来玩，亦开心极了，有说有笑的，精神不错。在景区，他们看到那么多的老人密集出行，甚至还有坐在轮椅上的老人也在家人的陪护下游玩，他们更是不觉得累了。在湖南长沙橘子洲头，不间歇地步行了差不多 100 分钟，我都累到脚疼，父母亲却因见到了令人震撼的主席年轻时候的雕像，丝毫没有觉得累。父亲反而打趣说，这就当今天的晨游走步了，哈哈。

一脸的平和与美丽震撼了我

韶山冲，这个美丽的小山冲，因一代伟人的诞生，注定非同凡响而令无数人慕名前来景仰。父亲说："越过千山万水而来，只为看你一眼。"而我要说："山高路远而来，不为您的绿色比别处多，不为您的鲜花比别处美，只为我们都是您的子民，因了您的呵护，我们才得以和平相生，亲情相融，无拘无碍。"

在长长的排队等候进入毛泽东故居的过程中，一位身着民族服装的老奶奶吸引了我的目光。她头缠着黑色的头布，胸襟及袖口、裤口都绣满了蓝白相间的吉祥图案，两只手腕戴满了银饰，闪着夺目的银光。她个头不高，腰板却是笔直的，双手交叉在胸前，脚下一双系带布鞋。她静静地站着，一脸的平和与美丽。她脸上虽然有皱纹，但皮肤却熨帖、光洁，右边一个浅浅的酒窝，若隐若现，平添了几分俏丽。她深深地触动了我，我禁不住趋前问候老奶奶。

"您这衣服真好看，是哪个民族的？"

"我们是苗族的。"

"老奶奶您今年高寿？您一个人出来玩的吗？"

"我妈今年 86 了，我们一家四口出来的，这是我父亲，今年 92 了。"

见我问话，一位中年男人出来回答我，细细一看，还与老奶奶长得真像。

"86？ 92？ 天哪，真看不出来，身体这么好，您年轻的时候一定很漂亮吧，一看您就是个大美女。"周边的人立马吱喳着围了上来。我几乎是张大了双眼，连声赞叹，也惊住了身边的父母。父亲赞道："别的不说，你看她牙齿多整齐、长得多好，这在老人中是很少见的。"

"我是家里的老六，我兄弟姐妹七个。我们是湘西自治州花垣县的，那里百岁以上的老人多的是呢，我父亲现在还干农活，都能挑得起七八十斤的担子呢。我妈身上的衣服都是自己织的自己绣的。"

面对众人好奇的发问，老奶奶的儿子开心地一一给我们作答。我则拿着手机，不停地给老奶奶拍照，抢着与她合影，亦有两个游人与老奶奶合影，老奶奶一直微笑着，被人夸赞漂亮时，还害羞地低下了头。那么多人发问，她不恼也不烦，几乎是问什么答什么。

父亲问："你们为什么也来这里玩呀？"

"我们湘西那边最敬仰毛主席的，没有毛主席就没有我们今天的好日子的，我们都感恩呢。我父母身体这么好，也是托他老人家的福，沾他老人家的光的。欢迎你们有机会去花垣旅游啊，我们那里空气好、人好，是长寿之乡呢。"

谁说不是呢，92岁和86岁的人，都能轻松地出门旅游，还有什么不令人信服呢？

抬头望着韶山冲的满眼绿色，竟如同这老奶奶般的安静与沉着。岁月积淀着伟人的不平凡过往，亦展示着伟人与平凡人之间的相似之处。

定位、导航成了我们寻找集合地的法宝

父母亲身体偏胖，父亲近两年更是发福得厉害，走路比别人总要慢半拍。这也不怪他，岁月不饶人，年轻的时候，那个矫健劲儿，方圆几十里谁个能敌他？想当年，过年时舞狮子，父亲当狮子头，一声大吼，平地跃上了一张桌子，迅疾得旁人都没来得及看。再一声大吼，从几张桌子垒起的高台子纵身一跃而下，激起热烈的欢呼声，谁人不赞不夸？

照顾父母旅游，比我本人旅游确实要累得多。几个小时漫长的车程，不敢比他们先睡着，怕他们晕车不舒服。就是睡着了，也不踏实，生怕他们先醒了，要喝水吃水果什么的。到了旅游景点，下车慢腾腾的，急死我。导游往往走出好远了，父亲才挪下车。多半的时候，总是前不见导游，后不见团队的其他人员，再遇上我这个路痴，看景听解说，几乎成了奢侈的想法。抬头一看，父亲呢，再抬头一看，母亲呢，都在，才拿出手机拍景拍父母。到了指定的集合地点、集合时间，怎么办，怎么去找团队？

幸好有手机，幸好有网络，幸好有定位和导航。一上车我就加了地导小陈的微信，告诉他，我随时要联系他，老人行动缓慢，要多关照。

在橘子洲头，在刘少奇故居花明楼以及慈悦书院这三个自由活动时间较长的景点，我充分利用手机定位导航，才与团队取得联系。地导小陈在花明楼还给我打过电话："周姐，你奶奶是不是走掉了，我刚刚见你过去，没见到你奶奶呢！"我晕，明明是我妈妈，好吧。我们慢慢地走着，边拍边聊边赏景。此时此刻，看风景倒不是最主要的目的了，父母能安全地旅游，就是我最大的幸福了。

2019 年 5 月 5 日写于流眄斋

妈妈，我这个周末回家

妈妈，我这个周末回家！
妈妈，好久没吃你做的菜啦！
好呢！臭小子。

打开冰箱，先看还有没有——
他打小就爱吃的冰激凌。
噫？上次买回的十支，
只剩一支了。
赶紧下班时买些回来吧。

话说，那小子爱吃排骨汤呢。
可这个时间，还是买只土鸡吧！

尽管那臭小子已壮实得不行，
尽管一而再再而三地说要减肥，
可是，不美美地吃上几餐好吃的，
怎么对得住儿子老远就叫的——
妈，我回来啦……

厨房里热浪滚滚，
各种煎炒蒸煮，

汗水蒙面……

妈妈，不要弄那么多，
太热啦！
不热不热，去客厅凉快着，
一会儿就好啦！

嗯！这个好吃，这个也好吃，
这个更好吃，
妈妈，真好吃，
吃饱了再减肥……

吃饱了几餐，
臭小子又要离家了。
宽阔的胸膛一张开——
妈妈，两天的时间怎么就过得那么快？
我要走啦，抱一个！
不送不送，太阳公公还毒着呢！

走吧走吧，
走了我轻松多了，
走了我就不进厨房啦！
可是，
臭小子的身影，
怎么老是在我眼前晃呢？
是屋里太空了……

2019 年 8 月 11 日写于流眄斋

梅枝

独山梅花开得灿烂的那一天，我同小弟一起又去赏梅了。

在这之前，梅花尚在枝头初绽的时候，父母、我和小弟一大家子十来个人，已去独山赏过梅。

那天，我们一家子嗅着空气中浓浓的年味和淡淡的梅香，随着密密的人流，徜徉在独山梅林边绛红色的人行道上，走着，聊着，笑着，拍照，享受着梅香氤氲中的炽热亲情和惬意。放眼望去，独山的三岭两凹，几抹若隐若现的红镶嵌在黛绿色的湿地松和褐色的枫林边缘，让人感觉春已近在眼前了。而每个人的脸上，亦荡漾着暖暖的春意。

小弟边走边憧憬地向我们介绍着，这一块、那一块，还有那边一块，过几天就会烂漫若霞，幽香袭人，来赏梅的人会更多了。

在一大块梅林边，小弟指着几株花蕾格外多的梅树说："这一片共三百多棵是我去年修剪过的，看它们的花特别多吧。当时修剪时，一些同事顾虑我修得太重了，现在看来，正合适。

"看那边的几棵，并没有修剪，所以花就少多了。类似这样的枝，你见它长得这么长，但它并不开花，是疯枝，应该要修剪的。"

小弟是独山森林公园管理处的职工，管理处安排他独当一面，带领几个人负责管理山上的花草树木。独山作为城区唯一的森林公园，近几年新栽了很多的梅花、樱花、海棠、桃花、紫薇、红枫、银杏、红叶石楠等花木。而负责它们的修枝、施肥、病虫害防治，就是小弟的主要技术工作任务。

他是我姐弟三人中唯一没有上过大学的。这些技术活儿现在能做到得心应手，都是他近些年来培植花卉苗木，不断积累而逐渐摸索出来的。现在看来，动手能力已远胜于书本理论知识了。

父母及家人非常满意小弟的变化。要知道，他自小读书不大上心，后来父母让他跟着一个亲戚学泥工，出外打工漂泊，辛苦自不必说，挣钱亦不多，父母为他担心，我和大弟也竭尽所能地帮助他。这次，父亲看到经他管理的梅林后，感慨万千："每棵草儿总有一滴露水养着，每根树枝儿总有它的长处。你总算也有出息了。"弟媳则倚着小弟，惊讶地连声问："这是你修枝的？这些都是吗？看不出来，你有这样的本事啊！"

这次我和小弟再赴独山，独山如一场筹备很久很久的盛大舞会的舞台，帷幕已拉开，主角梅花已然盛妆上场了。

它的妆容是鲜艳精致的。小弟告诉我，独山三千多株梅花，是同一个品种"骨里红"，它的颜色是娇艳的玫红，特别适合在寒冬里绽放。冬日，四下里枯黄萧瑟，唯梅用一冬的积蕴，破腊而出，蘸取最鲜最艳的玫红，尽情妆扮它的姿容，莽莽大地因它的到来而迅速苏醒过来。

它的仪态是雍容华贵的。独山的梅树，树龄并不长，只有四五年的时间，但是树体饱满，枝条横逸疏朗。远看，一块块的红色方阵，四向绵延，甚是壮观；近瞧，每枝都缀满了梅朵儿，每个朵儿都尽情地绽放着花瓣儿。明明看上了眼前这一枝的这一朵，想与它合影发个朋友圈，可是旁边一枝的梅朵儿似乎开得更大更红更养眼，让你流连，让你欲罢不能。

它的香味是悠长醇绵的。不必近前，亦不必揽枝至鼻下，只要一接近独山，不管是从会展中心这个方向进入，还是从王细塆这个方向进入，远远地就有阵阵梅香袭来。不用问，翻过这个岭，那边就是大片大片的梅林了。

梅花自古被文人雅士赋予高洁脱俗的气质，且不说陆游"无意苦争春，一任群芳妒"，也不必说王安石"凌寒独自开……为有暗香来"，更有西湖孤山的林处士一生以梅妻鹤子为伴，留下千古佳话。

纵然梅花千娇百媚，但是它的姿态却是龚自珍描述的样子："梅以曲为美，直则无姿；以欹为美，正则无景；以疏为美，密则无态。"林处士更是以"疏影横斜水清浅，暗香浮动月黄昏"赞美它的清姿。

小弟和他的技术团队，就是让独山的梅尽可能地成为文人雅士笔下样子的那拨人。修枝、施肥、打药，每一个看似简单的环节，却关系着一树梅花的荣与枯。而修枝整型，能让一株非常不起眼的梅树，历岁月氤氲，终究可以傲寒炼骨，留下不尽芬芳在人间。

我对小弟说，还记得那年带你出来上班的情景吗？一个板车，拉着两个蛇皮袋子装的行李，头几年，你种植绿化苗子吃了不少的苦，现在总算好了，我的心总算有着落了。小弟低着头说，人总是要吃点苦，失去一些，才能得到一些，是吧？

《吕氏春秋》有云："故父母之于子也，子之于父母也，一体而两分，同气而异息。"用一棵大树来比喻，祖先是树根，父母是树干，而兄弟姐妹就是树枝。我们姐弟三人皆是父母这棵大树上的枝条。枝繁叶茂，才能树大根深。与独山的梅一样，小弟这根枝条经过磨砺，终于整修了疯枝，得以成材，让父母舒心，让家人高兴。

如此看来，赏梅的同时，要感谢独山的梅花给小弟带来的变化了。

写于 2021 年 2 月 22 日

母亲的萝卜丸子

"冬吃萝卜夏吃姜，不劳医生开药方。"寒冬腊月，又到了吃萝卜的最佳季节。白胖胖、水灵灵的白萝卜，从冰霜覆盖的菜地里拔出来，经过各种工序操作，萝卜煮鱼头、牛腩煨萝卜、醋泡萝卜皮、干萝卜条、萝卜馅饼，哪一样不是齿颊留香，鲜脆可口。白萝卜品味辛甘，性凉，入肺胃经，为食疗佳品，可以治疗或辅助治疗多种疾病，家乡先贤李时珍在《本草纲目》里称之为"蔬中最有利者"。

好吃的萝卜，在母亲的巧手里，还可做成一样美味小吃"萝卜丸子"。做这种萝卜丸子因为需要用五花肉作辅料，肉越多，味道越甜美，所以自小就渴望过年，只有过年的时候，家里才会有肉用来做萝卜丸子。一般每年过了腊月二十，母亲会提前准备好粘米粉子，等父亲买回"年肉"，就做上满满一大锅萝卜丸子。蒸熟后既可以当主食，又可切成薄片，用大蒜、酱油煎炒下饭，有萝卜的爽口，有粘米粉子的醇香，当然更有葱姜蒜与五花肉融合在一起的美味。大灶台热气蒸腾，我们姐弟三个围着灶台，一等母亲开盖，就争先恐后地吃上七八个才走开。

庚子年疫情宅家期间，突然想吃母亲的萝卜丸子，想自己动手做一回。有几道工序隐约记不太清，百度搜索竟找不到这种萝卜丸子的做法。想来此种做法的萝卜丸子，确实是鄂东南农村的一种独有小吃了。喊来母亲，不让她动手，只让她当指挥官，折腾两个小时后，终于吃到了自己动手做好的萝卜丸子。

丸子很可口，最最重要的一道工序是什么呢？粘米粉子要炒熟，炒熟后的粉子做丸子，不仅爽口不黏牙，而且有一种独特的粉香味。萝卜刨成细丝，五花肉切成小丁，葱姜蒜末爆香，一起下锅，再将炒熟的粉子下锅，翻炒充分融合在一起，就趁热快速下手做丸子。热油、热汤、热粉子烫得手直甩，母亲说只有趁热做好，丸子才会既酥松又不会散掉。大火蒸上一刻钟，香喷喷的萝卜丸子就可开吃了。

大弟一家住在深圳，每年春节都会回来住上几天。母亲的萝卜丸子，亦是大弟一家的最爱。庚子春节，遇上疫情，几人匆匆归又匆匆走，带走的诸多年货，就有母亲做的一大袋子萝卜丸子。眼见今年的春节将近，大弟告知因疫情所限，辛丑年春节回家无望，父亲叮嘱母亲，做一些萝卜丸子，叫我寄过去。我听后乐了，亲爹亲娘啊，莫不是要我买个真空包装机，包装好再寄往深圳？

我笑着说，母亲你多做点，我代弟弟吃，是一样的。

2021 年 1 月 9 日写于流眄斋

母亲的鞋样儿

小时候，家里有一乘老式四组花柜子，摆在父母的房间里。上下两截对开门，中间一排抽屉。抽屉里放着很多很多的细小杂碎，有母亲的针头线脑、做衣服余下的新布角、发卡、头绳，有父亲的烟卷、火柴、起子、小灯泡、螺丝钉，以及几本旧书，甚至有时候还有几个零角钱。我时不时去翻看，也不知道到底想要找到些什么，就是漫无目的地翻看。有一次翻到了一条玫红色的、崭新的绸带，可以把辫子扎成蝴蝶结的那种，我心跳得厉害，高兴地拿着去问祖母，祖母看到后责怪母亲，这么好看的绸子，藏着不给女儿扎，不像一个做娘的。后来才知是母亲买回来没几天，准备过节时给我扎的。

然而，记忆最深的是左边第二个抽屉里，有一本厚厚的毛选，我总是喜欢去翻看。母亲在书里面隔页夹着许多的"纸样儿"，每次去翻抽屉就能看到它。我不是标榜我有多么爱看书，而是这么厚的一个大部头，占据了一个抽屉的大半个空间，拉开抽屉就能看到，关键是它里面还藏着许多东西。

里面夹的"纸样儿"，后来才知道是一家七口人春夏秋冬四季所穿鞋子的"鞋样儿"。母亲说，家里有几口人，就有几个鞋底、鞋帮的样儿。我这才知道，我有好几次翻破了鞋样儿，母亲都没作声。

那个年代，农村的家家户户都是做布鞋穿。一家老小，最起码一年也要做两茬新鞋，春夏的单鞋，秋冬的棉鞋。小孩子甚至在过年之前还要备上一双新的，正月初一去外婆家拜年的时候穿。风里雨里，霜天雪地，一家老小都靠这布鞋上学、下田，很不经穿。

家大口阔，这么多的鞋，都是母亲做的。白天要做农活，挣工分，夜里母亲就着煤油灯和后来的电灯纳鞋底、绱鞋帮，忙的时候，不到夜里十二点不睡觉。时间久了，我还听到过祖母怨母亲煤油点多了，费钱，一点都不晓得节约。

缠着母亲让她讲做布鞋的事儿，是前几天陪她闲聊的时候，她见我脚上一双新的旅游鞋，甚是好看，遂大发感慨说这要在以往如何如何，我就顺着她的话，让她讲起了我一直念兹在兹的鞋样儿。

母亲说，出鞋样儿还只是做布鞋的一件最基本的事儿呢。于是，她给我讲起了做鞋的多道工序。

清明节后，要去竹林里捡毛竹掉下的"松衣"，也就是竹笋衣，多半都是塆下几个姐儿们结伴到天然寺林场山上去捡。竹笋成熟长成竹子后自然掉下呈黄褐色的那层叶子，就是"松衣"。它硬硬的，容易定型，捡回来，用水浸湿，逐个撑开，一张张叠在一起卷成筒，再用草绳子捆起来挂在屋梁上晾干。这晾干的"松衣"是用来做鞋底衬子用的。

趁一个天晴的日子，拆两三块门板下来，要"闭壳子"（方言的发音）。在一口铁锅里，用温热水将米粉子调成稀稠适当的米糊，然后将事先准备好的细碎布头布角，一层布头刷一层米糊，往门板上"闭"。做鞋底用的壳子，要"闭"三层；做鞋帮的壳子，"闭"两层即可。这刷米糊有技巧，刷得不匀，壳子爱鼓泡，并且纳底的时候滞线，不好纳。"闭"好壳子后，把门板放在大太阳底下晒，一般一天就晒好了，硬硬的，收好备用。

做鞋的日子一般是天凉的日子，手上拿针线不出汗。大热天，既没工夫，又怕出汗，新鞋还没穿上，就汗渍了，不好看。先把鞋样儿放在"闭"好的壳子上，照样儿剪一块下来，再在壳子上铺三层"松衣"。卷成筒的"松衣"，用之前要放在石磨里或者床铺下用一两个晚上压平。用线将壳子、"松衣"纳好，把鞋底的大致样子修剪、固定起来。然后往上逐层铺布头、布角，差不多厚度到了，就用一层新的白细布蒙上，再用麻线固定好边线，顺着鞋样儿修剪好形状，一只鞋底差不多就完工了。

这只是做鞋"万里长征"的第一步呢。还要纳鞋底，只有纳过的鞋底穿起来才耐磨。最开始纳鞋底，用自家种的麻，搓成麻线纳，后来慢慢地用买的白线索儿纳，一般开两三个夜工可以纳一只鞋底。有时候做肩上挑的活儿，比如挑塘泥、送火粪，不需要脱鞋下田，中途歇息时，垮下的姐儿们就都坐在田岸，拿出鞋底纳。微风吹来，一大溜的妇女坐在田畈上，边纳鞋底，边唱民歌，歌声传得很远。有唱《黄四姐》的，母亲还记得头两句：黄四姐耶，辫子长，隔壁郎儿经常望……

有些家里要嫁姑娘的，做鞋纳鞋底更是要赶时间，嫁鞋往往越多越好，鞋的样子、针线越好看，嫁姑娘越有面子。实在做不赢就请垮下里活儿做得好的帮忙。

鞋底纳好了，就要做鞋帮了。鞋帮有圆口、方口、剪子口、松紧带样子的：圆口的鞋都有鞋带横过来，孩子们穿，跑起来不容易掉；剪子口样的是祖父母穿的鞋样，前方开口似一个剪刀口一样打开；方口的多半是父母穿的。后来流行松紧带鞋，就是方口鞋帮深一些，两边各插进去两块宽松紧带。鞋面用的布，母亲都舍得花钱，用的都是黑色灯芯绒，既好看又经穿。

鞋帮纳到鞋底，有走暗线的，也有走明线出白边儿的，垮下里能做暗线的没有几个，母亲是做得最好的一个。上年纪的人穿的鞋都是暗线绱的。孩子们的鞋都是白布出边儿，好看但不经脏。

母亲做鞋的手艺是小有名气的。鞋样儿出得好，针线儿纳得密，白边儿包得匀，穿在脚上，特别舒服养脚。嫁姑娘要帮忙做嫁鞋的，多半都是找母亲帮忙，母亲帮忙做嫁鞋，换一些布料、毛线、枕巾之类的家用。我的同学们要参加学校的表演，有个叫秋华的，总是找我换鞋穿。

后来，市面上出现了既便宜又轻便、还能防水的塑胶、泡沫鞋底，母亲一下子减轻了纳鞋底的负担，鞋也不用做那么多了。到我上中学时，基本上就穿的是塑胶底的鞋，再后来，就很少穿做的鞋了。半是家里收入增加，半是街上店铺卖的鞋子好看又耐穿。母亲口中的布片子鞋逐渐淡出视野。现在，根本看不到纳的布片子底、灯芯绒面子的鞋。倒是曾经看到过一个品牌的布鞋专卖，更像是一种概念而不是经过天下母亲的手，一针一线纳出的布片子鞋。

母亲说，小时候我爱翻看的鞋样儿，还保存在那本厚毛选里，一并保存在老家那乘老柜子的抽屉里。"什么时候得空你再回去翻翻，说不定能翻出你小时候脚丫子的样子来。"我听后开心地笑起来，母亲也跟着我笑。

　　岁月如流水，流走了母亲的青春韶华，但是这些保存下来的鞋样儿，却记下了一家人那个年代的足履大小和岁月痕迹，留下了母亲操持一家特有的骄傲和印记。

　　鞋样儿，不只是一个简单的样儿呢。

2021 年 6 月 13 日写于流眄斋

母亲节

5月9日母亲节这天，我没有去看望住在同一个小区的母亲，也没有打电话给她祝母亲节快乐，更没有给她买礼物、发红包。不像朋友圈里那些热闹的晒花、晒红包、晒礼物、晒创意，我与母亲甚至都没见上一面。

不过，前几天，母亲因忘了把口袋里的手机拿出来，让手机在洗衣机里痛快地洗了个澡，我才买了个新手机给她送去。我冰箱里亦还存放着那天傍晚母亲送来的一大袋香菇肉饺子。"五一"小长假，我和弟弟还带着她和父亲作了几日短程乡村游，摘了桑葚，吃了农家乐，母亲很开心。

其实，母亲并不知道有母亲节这个节日。

记得母亲刚搬到城里来住的第一个母亲节，我带她到当时比较繁华的县城商业大楼去，说要给她添些新衣服。母亲说："去年你不是给我买了好几套新衣吗？怎么又要买衣服？"我说："今天是母亲节，我给你买节日礼物呀。"母亲很诧异："什么时候还有个节日叫母亲节？母亲节是哪一天？"

母亲一辈子住在农村，老了才搬到城里来住，当然不知道有这个节日。而事实上，我对这个节日也不太清楚。

但是，母爱无处不在，不会也不可能因为有或者没有节日而改变。母爱体现在每一个寻常的日子里，体现在每一个你想象不到的细节里。

我与母亲住在同一个小区里，车库门正对着她所住的三楼阳台。她会因为到了上班时间，而我的车子还在车库里，竟然产生我是不是睡过了头，或者生病了，或者别的什么原因的想法，下三楼，再爬六层楼梯到我家敲门找我。年过七旬的老人，如此上下爬楼梯，该有多吃力！敲不开门就打我手机，问我怎么没有去上班。她这还是把我当作待字闺中的小女儿养着呢。弄得我只要早上不用车，总是提前给她打电话交代一声。有好多次忘了，她的电话总会不依不饶地出现，同事们都羡慕我这么大了，还要母亲牵挂，真是幸福。而我有时候却烦她，我车子在车库并不意味着我就没去上班呀，我的娘亲啊！

车库大门内侧靠墙处，父亲用废弃的厨柜板搭了个木台。几乎隔不了两三天的下午下班后泊车，就能见到这个小木台上放着母亲择好了的蔬菜，或者自己烫的苕粉蛋丝、擀的手工面条、冷冻好了的饺子，还有冒着热气的萝卜丸子、粉蒸肉。听到我关门的车笛声，母亲就从三楼阳台喊我："台子上东西带回去，晚上趁新鲜吃了。"我亦习以为常地拿回家中，饺子、蛋丝、萝卜丸子、粉蒸肉都美美地吃进肚子里。有时候蔬菜没吃完，坏了，丢进垃圾桶，心里亦有丝丝的不安。

母亲的一颗心总是放在儿女身上，放在父亲身上，对自己能将就则将就，能不烦扰儿女就从不烦扰儿女。母亲高血压吃药多年，从未见她对我们谈及自己的不适；偶尔感冒了，也是自己去小区外面的药店买药吃，从来没有因为自己身体不舒服给我打过电话。

大冬天寒冷的夜晚，父亲总是早早睡了，母亲一个人在客厅里看电视，会关掉取暖器，甚至暖手宝都不用。我有时过去，问她怎么不开取暖器，母亲说："这吃住用的都靠孩子们负担，能节省就节省，你们挣钱不容易，冷我扛得住的。"

母亲住进小区后，与邻里关系由生疏到熟悉再到和睦，每个了解她的人都夸她性子好、人善良、心地好。五楼的阿姨要到上海儿子家住大半年，把家里钥匙交给母亲，让母亲不时地照看一下。我知道后，怪她不该这样轻信人家，小区住户来自四方八面，比较复杂，弄不好吃力不讨好。母亲说我："咋想这么多呢，人家信任我，就是对我放得过心的。"后来，这位阿姨和儿子回来，带了好多水果给母亲，她儿子还专门给我母亲买了个血压仪表示感谢。

与朋友圈里母亲节的各种"晒"不同，我写了一副联《我的母亲》，权当我也过了一个母亲节。母亲并没有朋友圈，我是写给自己看的。

我的母亲

寻常日多烦叨絮，班迟车缓，衣暖餐鲜，何曾当我早为母；

慈善心每感乡邻，照拂门庭，睦和老幼，谁不嘉言胜似亲。

2021 年 5 月 10 日写于流眄斋

母子黄山游

成熟的旅游交通系统

趁着年休假,与儿子来了个黄山自由行。在携程上订好景区门票、两晚的住宿后,就与儿子于十一月二十一日上午十一点从家里驱车一个小时二十分钟,到达大冶北高铁站,在和谐号四个小时的平稳行驶后,我们于五点十分到达黄山北站。

黄山北站出门右拐不到一百米,即有醒目的标识和箭头,指向直达黄山风景区的旅游大巴站。儿子已提前做好攻略,知道五点半有一趟车,娘俩手牵手一路小跑几分钟,购票上车。行程五十分钟,六点二十分到达黄山风景区的汤口镇。

大巴司机在快要到站时,就反复交代游客,已订好房间的,赶紧给酒店打电话,酒店会有车来接。我们事先并不知有这项福利,感觉黄山的司机真是热情,主动给游客提供方便。黄山立马在我们的心中加分不少。

大约是旅游淡季,夜晚的汤口镇十分静谧,街上少有行人,车辆也不是很多,门店的霓虹灯闪烁着清冷的光,没见多少顾客进出。初冬的天气,凉气侵袭,我们赶紧拿出羊毛围巾挡住寒气。

我们在等候酒店车来的时候,说起黄山旅游交通的无缝对接,真的让人觉得黄山旅游交通工作太成熟了。这样的成熟,让初来黄山的游客,没有感到六神无主,既减少了很多的麻烦,又增添了不少的好感。

随着旅游愉快的进行,黄山旅游交通之成熟,愈来愈明显。

晚上就住黄山汤口镇汤泉酒店,办理入住手续时,大堂经理告诉我们第二天一早七点二十分到酒店大门口集中,七点半准时出发,由专车送至黄山汤口索道。这让我们感到了不是跟团亦有跟团的方便。

第二天一早，酒店中巴送我们去索道口时，跟车的酒店工作人员反复交代车上自由行的游客，哪条线路可以走，哪条线路需要多长时间，明天返程的游客，怎么样购票乘车方便，让我们觉得特别温暖特别舒服。

第二天下山，按照提前设定好的路线，我们娘俩从海拔 1865 米的光明顶一路下行，七点半出发，十一点半多到山脚紫光阁停车场。我们原本担心会赶不上下午两点四十分黄山北发出的高铁，谁知停车场的售票口就有直达黄山北的车票出售，而且售票口的服务人员将中间在哪里转乘大巴，几点转都给我们解释得一清二楚。我们赞不绝口，儿子一直说"完美，太完美"。每次转乘车辆都不需要步行太远，恰恰好的距离，省去了许多的麻烦，真的让游客有宾至如归的感觉。

我们的黄山自由行，因黄山旅游交通系统的成熟，完美收官。

洁净的景区

黄山景区里，台阶很多，除了汤口方向、玉屏方向的索道以外，几乎很难找到平坦的林间小道，都是一步步的台阶，蜿蜒盘旋而至每一个已开发的景区。

我和儿子从汤口索道而上，沿石阶攀行至光明顶、鳌鱼峰、玉屏景区百步云梯、迎客松处，第二天又走玉屏景区方向的下山古道到慈光阁，无一不是石阶。

这些古朴的台阶都泛着青色的光泽，显出经年久远的痕迹。石阶上不见水果皮、饮料瓶、纸屑、烟头等旅游垃圾，也极少见到落叶杂草，就连随处可见的黄山松树的松针似乎也不曾掉落。

依山路而建的，还有许许多多方便游客歇息、看风景的石条凳，石条凳多是花岗岩材质，没有故作高深的格调，而是以各种随意的方式嵌在每一个转角、台阶平台内侧处。石条凳洁净的样子，让我们总是能够随意坐下，不见灰尘，不见树叶枝杈，凳边不见垃圾。这让我们不禁赞叹黄山风景区的洁净。

上午十点多，我们快要接近光明顶景区的时候，一阵阵机器的嗡嗡声传入耳中，我和儿子相视而猜，我说会是无人机的声音吗，儿子说无人机的声音没有这么噪；儿子说会是油锯的声音吗，我说景区内怎么会允许锯树？及至爬至近前时，才发现原来是景区工作人员用鼓风机清扫石阶及石阶周围的落叶，我们相视而笑，大声叫绝，这个洁净景区的方法，果真是绝，效果亦是棒棒的，难怪连细小的松针亦不见掉在石阶上。

第二天早上，因要看日出，起来很早，看罢日出，在光明顶侧白云酒店吃完早餐，七点半即从鳌鱼峰顶、莲花峰侧、天都峰侧和玉屏景区返程。清晨的景区，清冷的风，清新的空气，湛蓝的天空，洁白的云朵，让人神清气爽。我们沿路遇上了很多穿着浅绿色马夹的景区工人，他们用特制的大扫帚清扫石阶。像是一个人负责一个路段的样子，隔不了多远就有一个，他们细细清扫每一个石阶，每人都随身携带着一个偌大的袋子装垃圾。一夜的山风吹落了一些松针撒在石阶上，潮湿的露水沾湿了石阶，清扫过的石阶洁净得不忍落脚。

景区这么干净，游客怎么舍得随手丢垃圾？景区内因势因路因石建了很多很多有趣的垃圾池，两三块石块，围着一个石头墙角，围住一个台阶角落，就是一个个小巧别致的垃圾池，有方形的，有圆形的，也有不成形状的，上面用白色的油漆印着统一的丢垃圾标志，游客们都自觉地将旅游垃圾丢到池中。看来好的环境的确可以造就人、改变人，的确可以培养人自觉遵守公德的好习惯。

原来，黄山风景区的洁净，来自管理者、旅游者的共同呵护。他们共同守护着这一方净土，让每个游客乐而忘返。

祝福黄山永远洁净如初。

看日出日落

日出是挣扎的、痛苦的，

日落是从容的、安详的。

11 月 22 日，黄山日落时间 17 点 32 分；

11月23日，黄山日出时间6点37分。

11月22日下午4点许，
我们即守候在鳌鱼峰，
夕阳西下，峰顶风起，
风有点儿刺骨割面。
我们反复选择向阳避风的方位，
儿子说，他要用手机拍摄下日落的全过程。

11月23日早5点20分，
我们从住宿的白云酒店起床，
穿上酒店提供的大红色羽绒服，
精神抖擞地直奔光明顶。
天气有些冷，空气却是格外的清新，
东方的天空渐渐地泛出了鱼肚白。
山顶平台上已聚满了看日出的人，
我们找来找去都找不到一个有利的位置。

看日落时，
游客们都在安静地对着红色地平线，
摆着各种姿势拍照。
一个女子一直张着嘴巴，
作出欲吞火球的样子，
奈何男人反复拍摄，
都拍不出她想要的效果。
一对年轻的情侣头挨着头，
用自拍杆把夕阳摆拍进他们双手做成的心形洞中间。
儿子用他独特的方法，

拍下了日落的十几秒视频。

我则拍缓缓落下的夕阳，

拍蹲着摄像的儿子及天空。

看日出时的情景，

得用一个"热烈"的词来形容，

形似鸵鸟状的乌云，

遮住了东方大半个天际，

游人们急切地叫唤着乌云快快走开。

所有人的眼睛都急急地盯着东方，

期待着云破日出的那一刻，

"哇，看到了，看到了，露出来了！"

"快看！哇，真好看，火红的金边！"

"唉！乌云又遮住了！好可惜！"

"出来了，出来了，快看，好壮观！火红的锅盖呀，哈哈哈！"

日落时，

地平线风平浪静，

起伏的山峦静静地守候着夕阳。

晚霞染红了天际，

那是太阳对天空的留恋。

日出时，

云海缥缈隐约现出层峦叠嶂，

乌云翻滚的背后，

总有若隐若现的亮光挣扎着四射，

血红色的光芒照亮了大半个天际，

乌云顶不住光芒的力量，

一轮红日喷薄而出。

光明，是红日奉献给人间——

最宝贵的财富。

红日升起，

云海里驶来一艘巨轮，

儿子说，妈妈快看，

泰坦尼克号。

我笑了，

儿子亦露出好看的笑容，

开心地笑了。

母子游，情景交融

黄山以"奇松、怪石、云海、温泉、冬雪"五绝于世，黄山之峻美，一直以来有口皆碑。游黄山，当然是要赏美景的，不然辜负了母子同行。

（一）

本来是要跟团旅游的，提前也订好了团，谁料提前两天的时候，旅游公司美女经理微信告知，由于淡季，周五的团人少，万分抱歉，团没有拼成。

那，自由行？

我说："要不咱们到大别山的天堂寨去一日游？"

儿子说："不，妈妈我就是要陪你爬爬山，看看风景，说说话，一日游你有机会可以一个人去的呀。"

这么贴心的儿子，我能不下定决心自由行吗？更何况也不是太远。

自由行攻略，在小朋友的手里真的是小菜一碟。很快，我们就定下了行程、住宿、车票、门票，先生在一边一直持反对意见，天气变冷了，开车去高铁站，高铁后又要转大巴，太不方便了，等下次组团了，再去玩也行啊。可是，我们一经敲定好行程，怎么也不会轻易放弃的！出行前的心情像花儿一样绽放。

一大一小两个双肩背包，装好了简单的行李，备足了水果面包点心。像儿子小时候，我带他去三峡、去北京、去新疆游玩一样，我细细地收拣行李，只不过现在儿子已长大了。岁月静好，可是时光流逝得太快了。

（二）

看山、看石、看松、看日出日落，看的是风景，愉悦的是心情。每一个旅游的人，相信都有自己的目的，我们也不例外。

黄山风景在电视上、网络上、课本上早就见识过，特别是那棵著名的逾千年之寿的迎客松，多少年来一直生长在我心中的某一个角落，只要一提起，眼前就会浮出那似长长手臂的粗壮枝干，那屹立于巨大岩石之侧的松树雄姿。

黄山险峻的山路也曾在我的脑海里留下烙印，几次在朋友圈里惊鸿一瞥，看后喃喃，这么险，这么陡，这么长的石阶，我也一定要去爬一爬，要去亲身感受大自然的鬼斧神工。

置身其中，才知黄山奇石，天造地设，整个山脉犹如巨大的岩石，连绵起伏；黄山奇松，堪称树之精灵，它屹立于坚硬而又陡峭的岩壁里、岩缝里，虬曲、苍老的树根盘旋裸露在岩石外，顽强而又源源不断地从石体深处汲取营养，日夜不停地、供应滋养着那优雅的枝臂和茂密葱绿的松针。黄山石级，一步连着一步，一弯连着一弯，蜿蜒盘旋，无法望到尽头。一线天、百步云梯、鳌鱼嘴、始信峰、玉屏楼，全部是石级相连，呈45度角的石阶比比皆是，鳌鱼峰侧的一线天石阶，几乎是90度角的直下。上行还可一步一步地攀着栏杆吃力地爬，下行则不敢下视，生怕一脚踩空，掉下深渊。百步云梯位于两块巨大的岩体之间，叫云梯，实在是太形象——一边是扶手栏杆，一边是铁索用于攀爬，石阶陡峭且窄，不敢轻易松手。说是百步，儿子数了数，达三百多步，我们每一百步就坐下来歇一歇，喝口水。

（三）

边赏景边聊天，该是多么幸福美好的事！

在通往光明顶稍微平坦的石阶处，迎面碰到一个七八岁的小男孩，在和他妈妈撒娇，找各种理由，讨价还价地要妈妈背，浓酽的母子情让人甚是心动。儿子看到后说："妈妈，我小时候也是这么爱缠着你吗？我小时候不是很内向吗？"我说："是啊，你和我在一起，才不内向呢！你记不记得你十多岁的时候，我带你去三峡玩，那个女导游的一双小儿女一下子就迷上了你，几天的行程屁颠儿屁颠儿地一直跟着你，后来还跟着你一起喊我妈妈呢！"

儿子说他忘了，只记得我带他去北京、新疆玩的事。在北京，儿子对繁华的王府井兴趣不是很浓，对军事博物馆却尤为喜欢。当时小人儿的一句话记忆犹新，我问他为什么不喜欢逛王府井大街，儿子回答说："妈妈，你也不是不知道男人都不喜欢逛街！"那神情，那语气，像是一个小大人一样，一句话把我笑得气都喘不过来。

而今，儿子大了，知道心疼妈妈了。在黄山的石阶上，儿子总是细心地让我走在内侧，隔一段时间，就问渴不渴，是否喝点水，吃点水果。这种角色转换，这种爱的传递，太让人唏嘘感叹了。

在一步步的攀登中，在一次次的短暂小憩中，我们互相释疑、谈景。我知晓的，儿子知晓的，以及百度上找到的，完美地融入了黄山之游的行程。

母子相游，情景交融，愉悦了平凡的生活，也让黄山之旅平凡而又不平凡。

土地之痕

父亲在路边找到一根木棒子，沿着自家地的界线处，画出一条条浅浅的痕迹。我和母亲拿着锄头，按照一条条痕迹，挖出一条条小沟，作为自家地与别家地的界线。

父亲在划痕迹的时候，没有丝毫的犹豫和观望，虽然这一大片坡耕地已然面目全非。东边从哪里至哪里，西边从哪里至哪里，路边距山地有多远，最下边距那口塘有多远，一清二楚。精耕细作了几十年的山地，熟悉得如同自家的孩子。

"隔壁是四清屋的地，板栗树长得好啊，他家每年都下不少的板栗。"父亲边划线边自言自语。

"这边上手的地是恩来屋的地，他家板栗施了肥，树长得大，却没有结多少果子。"母亲指着旁边的地轻轻地说。

"这个地方，我记得父亲原先搭了个瓜棚，是看管西瓜的，是不是？"我问父亲。

父亲用棍子一画："是这里，往后靠一点。这里视线好一些。"

"我有一次送饭过来，正下大雨，好像就是这儿，你站在这里，是不是？"我问父亲。

父亲笑着点点头："是的，那天雨好大的。有个人要偷西瓜，我看到了。哈哈。"

这些山地，二十多年前，原本是荒地，村里把这些地分到各家各户，我家也分来了两亩多地。就在这块地里，父母种了好多年的西瓜和棉花。后来，国家实施退耕还林工程，安排各家各户种上了板栗树。种上树后，农户不仅享受到了退耕还林补助款，满山坡都绿了，还收摘了好几年的板栗，或多或少为农户增加了一些收入。

大前年春节期间，已搬进城里居住的父母，带着我们姐弟仨，来到这块山地。父亲领着我们钻进密密的板栗林，指着一块靠山面水的向阳地段，对我们说，这是我们家的地，往年他栽西瓜、种棉花的时候，就看中了它的风水。

这块被父亲选中的风水宝地，却在去年年底完全变了样。

去年年底，据说要搞开发，村里用挖掘机只几天的时间就轰隆隆地挖掉了这些板栗树，并整出了一垄一垄的地块。挖地前，并没有通知各户。我知道后甚是无语，心里沉沉的，像是压着一块巨大的石头。

在一个周六的上午，我驱车带着父母再次回到这块自家的山地。看着这块熟悉的山地，朴实善良的父母竟没有过多的指责与抱怨，只轻轻地叹息：

"好生生的树都挖了，多可惜啊。都不知折腾些什么呢。"

我说："咱家土地的界线你们都可记得？你们圈出来，我搞点树苗来栽了吧。不能让地荒着呢。"

我请来林业站的技术人员，用专业的林地调查平板，按照我们挖出的界线，勾绘出自家山地的四至范围，测算出山地面积。然后我从苗圃弄来上好的嫁接油茶苗，叫人帮忙仔细地栽好，至此压在心头的巨石总算落地了。

写于 2019 年 3 月 19 日

写在庚子父亲节

父亲节，一个不知何时才有的节日，
发一篇旧文《父亲的田》到朋友圈。
一个小时不到，
竟引来四十多个点赞，
十多个留言两个新加好友，
公众号的点击量达到四千一百八十。

其实，这些时日一直与父亲有些小不愉快，
好几天了，买的东西都交给母亲，
在小区远远地看到父亲，
也不想走过去打招呼。
可是就是这么怪，
生怕接到他的电话，
生怕接通后不知从何处说起，
生怕母亲找我说，你爸不舒服，快过来……

父亲是个很平凡的人，
但是相当的要强和自信，
不过，好像这也不是无缘无故的，
年轻时被垮下人喊为"周师傅"，
种田盘地多种经营的一把好手，

种烤的烟叶那个黄灿灿的色儿——
成为我成年后买衣择色的首选。
还有过年舞狮子玩龙,
父亲扮的那个狮子头在方圆几个县乡都大名响。
送孩子上学读书尤其是送女儿进大学堂,
一直让父亲觉得比他人高人一等。
父亲总是说母亲,你懂什么叫大事?
孩子读书考上学有知识才是正经大事。

岁月不饶人,青山也白头,
更何况我的凡体肉身父。

他愈发——
留恋彭思的田、地和树,
留恋老家的砖瓦锄锹斧镰,
甚至竹筅扫帚簸箕,坏了的水车和犁耙……

我忆起——
"双抢"天的一个凌晨,
禾苗上的露珠摇曳着月光,
在水田里飘摇、飘摇……
年轻的父亲母亲柔柔地说着话,
还有,一个扎着冲天辫的小女孩,
连续不断的呵欠声。

写于 2020 年 6 月 21 日

这些温暖的时光

（一）

昨天是周日，去徐伯伯家小坐。电话问起的时候，伯伯碰巧在街上。我买了一些时令水果，驱车去约定的地方载伯伯回家。

进入他家大门，伯伯即隔着窗子喊伯母：

"老婆子，快开门，芳儿来了！"

伯母正在院子中间忙着切萝卜晒腌菜呢。院子里有一棵高大的银杏树，暖阳下，浑身披金，煞是好看。

在大客厅里的沙发上刚坐下，伯伯又喊：

"老婆子，快把那两袋奶粉装好，待会儿让芳儿带回去给她父母。"

伯伯一头华发下，和蔼的笑容与室外的暖阳交相辉映，让我浑身温暖极了。

我们爷儿俩坐在一起，伯伯就问起我《流昳斋文集》的赠送情况，我一一作答，伯伯甚是高兴。

突然话锋一转，伯伯对我说："你要着重记住一件事，真诚对待读者的意见，不要拒绝，不要有反感心理。对照建议，你再认真地思考，这样对你今后的写作大有帮助。你要做到东瑞老师写给你的那样：'要认真而坚持，不断打磨，精益求精，将每一篇文章都当一种艺术品来打造。'东瑞老师的文章我看了很多，他是真心地关心你，他是个非常了不起的作家，你一定要好好珍惜东瑞老师对你的关爱。"

我认真地点头，伯伯说："我再给你讲一个故事，你听后，一定能感受到一个真正的文人对文字的认真态度。

"这个人是我的一个老朋友，他是省作协会员，还拥有专业校对资质。前几年他写了一部文集，他认为自己的校对水平尚可，没有请专业人员校对，书出版后赠了许多给同学、朋友、亲戚，亦送到了一个省级日报专业编辑朋友的手里。

"这位专业编辑，认真地阅读了文集，认真地记下了全书两百多处错漏，这些错漏包括错别字、用错的标点符号、用错的典故和词语等，并将修改的意见一一附在其后。

"写文集的朋友收到修改意见后，傻眼了。仔细一看，两百多处错漏，处处都让他脸红，个个都让他心服口服。

"以后几年的时间里，他就只做一件事，写诗。他将每一处错漏，用诗的形式写出，并且在诗中融入自己诚恳的态度，还详细地注明页码。两百多处错漏，两百多首诗，郑重其事地印成一本书，作为勘误本送给收到书的每一位朋友。"

伯伯说到这里，强调道："当然，我并不是要求你也这样做，但是，爱好文字的人一定要对文字有敬畏之心，不可随意。比如，你前几天发给我看的黄山旅游之一、二、三、四，你放一段时间再去看，一定会有更好的语言组织、语言表达，你说是不是？"

我连连点头："是的是的，我对联师父也是这样讲的，一副对联写好后，不要急，放几天，等它在脑子里慢慢发酵，然后突然有灵感来了，就可以悟出更好的东西来。"

伯母过来给我和伯伯添茶，我腾地站起来，脸红地说："都被伯伯讲得迷住了，不好意思还要您倒水！"

（二）

冬日下午六点，已是漆黑一片。下班到家，烧一壶开水，泡一杯热牛奶，掺入干果麦片，再来一片面包，即是营养可口的晚餐。

正美滋滋地享受时，有人敲门了。那轻弱的敲门声，不用问就知道是母亲。

"咦，我刚刚不是给你送去豆干了吗？怎么，有事？"

母亲手里端着一大碗热气腾腾的山药肉骨头汤，喘着粗气说：

"你弟下午送来的筒子骨和山药，我晚上煨的，知道你晚上就爱吃饼干、面包这些不扛饿的东西，快趁热把汤喝了。"

我哭笑不得，指着冲泡好的牛奶和吃了一半的面包，嚷着说这些不吃浪费了，汤放着明天再下面条吃吧。

我让母亲坐在我旁边，边吃面包边问："我刚才上去的时候，你咋不端给我，让我带回来？"

母亲一笑："我不晓得你的脾气？你肯定是不会带的！反正我没事，就是走几趟楼梯的事。"

我长叹一声："我的娘啊，这两趟三层、六层的楼梯，我爬着都累的！为了不让您的老腿累着，下次我一定吃，一定带，好不好！"

（三）

寒冷的冬日，太阳光的温暖让人渴望；每一个平凡的人，漫漫人生路上，都需要温暖的人、温暖的时光相伴。

我是幸福的，我拥有这些温暖的时光。

2019 年 12 月 9 日写于流眄斋

置腊何辞霜色寒

明日冬至。

冬至大于年，体现在鄂东南老家最大的风俗就是家家户户腌制腊货。据说在冬至日前后，尤其是冬至日当天腌制的腊货，腊味最纯正。各色各样的腊鱼、腊肉、腊排骨、腊鸡、腊肠，风味不一，炒菜、煨汤、煮火锅，都是美味佳肴。

下午得空去小区门外的小肥羊生鲜超市购物，一进门，就听到超市里的高音喇叭反复在播放："各位顾客朋友，大家好，明天即冬至了。为满足冬至腌制腊货的需求，本超市已为您准备了充足的特价猪肉、鱼、三黄鸡、鸡翅、鸡腿，提供现灌腊肠服务……"放眼望去，顾客人头攒动，买肉的，买鸡的，灌腊肠的，生意火爆。原本打算明天去七里桥农产品市场买猪肉的我，也忍不住买了六七块已切成薄条状、便于腌制的白条肉。

各吃货群、小区业主群，早在几天前就开始预订冬至日的鱼、鸡、肉了。这批诞生于新冠肺炎疫情宅家期间的购物群，经过几个月的运营，已完全适应了"自产—基地—订单—次日达"的快捷模式，食材新鲜不说，还有很多的农家土特产和风味小吃。冬至日供应腌制腊货的食材，他们自然不甘示弱，纷纷用特价、原生态、包送上门，甚至包宰杀的优质服务，聚集订单。我所在的"好吃大群"，群主在郊区拥有一个小型农庄，养殖鸡、鸭、鱼，还种植了一些蔬菜，每天在群里收集订单，次日送达，质优价廉，更由于疫情期间他向社区志愿者捐赠鸡蛋、蔬菜的义举，群员们非常信任他，以至于鱼塘里的鱼完全满足不了需求。

性急的父母前几天就提醒我，过几天就冬至了，可以腌鱼腌肉了。父亲说："鱼肉腌好了，差不多又是新的一年了。你弟他们一家也快要回来过年了。"我说："还早着呢，才冬月初，咋这么急。"父亲说："你弟他们平素吃不到，只有过年回来时才能吃得到，去年过年碰上疫情也没吃上，今年多腌一些。"母亲问我："要不要我和你父亲去菜场买鱼回来也给你腌一些？"母亲这样说是有原因的，知道我有些懒，也担心我不会腌制，还由于工作日午餐是在单位食堂吃，怕我在家做饭的次数少，不愿弄。我对母亲说："我要不了多少，我自己弄吧，总是要学熟的。"母亲说："傻孩子，总归是要腌一些，腌点腊鱼腊肉，才像个准备过年的样子。"

鄂东南一带因为冬至前后天气寒冷，并且北风凛冽，冰雪星霜，非常适宜腌制腊货。腊货由于其独特的腊味，被分散在全国各地的家乡人带出去，获得了很多外乡人的青睐。有个同事，他家冬至日要腌制上百斤的猪肉、上百斤的鱼、上百只鸡。腌制这么多，只是为了春节假期送给定居在广东的弟弟一家以及所在小区的邻居们。他说："他们特别喜欢吃，都提前向我预订的。"

这正是，不管时代怎么向前变化，越传统的，越是令人回味和留恋，并且随着时间的推移，你越会觉得老祖宗几千年遗留下来的习俗，自有其传承的道理。

写一联，致庚子年冬至日：

天时总不违，信物极而衰，启阳堪慰秋心老；
岁暮闲无事，纵风森以冽，置腊何辞霜色寒。

2020 年 12 月 20 日写于流昈斋

自得其趣

下午下班回来，拣择昨天小弟送来的一袋子菜，发现是一些秋辣椒和红扁豆。秋辣椒个头细小而又饱满，红扁豆个个肚子鼓鼓的，着实让人喜爱。这自家园子里种的菜就是不一样，模样俊俏不说，吃起来也是格外的香甜。近几年，从初夏到初冬，小弟种的菜我们家吃了很多回，各种时令蔬菜都吃了，吃得都不想买菜场的同类蔬菜了。

我见红扁豆特别多，就收拾了大半装好，打算晚饭后送至父母那里。

晚饭后下楼，小区院子里的桂花香迎面扑来。今年因了雨水偏少，桂花比往年开得较迟，花朵也见着比往年要少，但是香味却是一点儿也不逊色。置身于小区院子里，仿佛衣襟上、发丝里都洇满了桂香。其实，街道两旁、公园里、学校里、单位大院里的桂花，基本上都没有多少香味了，而小区里竟还有幽幽的清香在，大概是与桂花树集中在一块儿栽植有关系吧。

循着桂花香，我想去小区门口的小肥羊超市给父母买些水果点心。我喜欢每次去父母家手里都提得满满的感觉，东西不贵，但是父母见到了总是很开心。我喜欢看父母开心，喜欢听母亲说"你这个伢儿又买了这么多东西"；喜欢看父亲翻看我买的东西时的神态，喜欢看他满怀喜悦地吃他爱吃的水果时的样子。然后我就坐下听父母拉家常，听他们聊认为有趣的事。

今天买了一些香蕉，是父亲爱吃的，他牙不好；橘子，是母亲爱吃的，她似乎总也吃不厌；还有一些面包（父母有时候早餐冲泡麦片、藕粉，佐以面包）以及一包黑芝麻。嘿嘿，买黑芝麻是我嘴馋了，想吃母亲做的汤圆啦。母亲做的汤圆，我换个方法吃，特馋人的，先蒸熟，稍微收水干皮子后，用油浅煎至两面金黄，吃进嘴里，油香、糯香，混合着芝麻香，如果不是怕长胖，会一直吃下去的。

刚刚看完《新闻联播》，父母各取所爱，香蕉、橘子吃了起来。父亲拿着遥控器，把电视从一台调至六台，母亲不高兴了。

母亲："广告也不多，调么事台？等一下儿天气预报又错过了。"

父亲："我不晓得？！一般天气预报播报到武汉，要过三分钟，你急个么事。"

哈哈哈，好一个"过三分钟，天气预报才到武汉"！这该是有多么的关注啊。

武汉的天气预报一过，父亲又立马调台到六台，看他俩都爱看的电视剧。

父亲自言自语："明天阴转多云，早晚天气冷。还是没雨。"

母亲说："女儿你多穿点，裙子也不保暖。你爱感冒，别冻着。"

我起身说："这是厚裙子！我回了啊。"

推开门，下楼，又把自己融入桂香中。这次，裙摆都似沾上了香气，一步一生香。

写于 2019 年

联海畅泳

对联立意浅谈

学写对联的都知道，动笔写一副对联之时，如何立意至关重要。而立意如何紧密切合自己的身份，合情合理地立意，使联作读起来不别扭、不做作、不虚夸，尤其重要。在一次对联微信群教学里，四海楹联研究院院长宋少强先生，以两副不同的郑成功祠堂联为例，就对联立意如何切身份做了详细的讲解，结合这次学习，试就这两副祠堂联的立意切身份作一个浅析。

郑成功（1624—1662），幼名福松，原名森，字明俨，号大木，隆武帝赐姓朱，改名成功，时称"国姓爷"，福建南安石井人。1662年挥师驱逐荷兰侵略者，收复台湾，同年病逝。

由于郑成功功勋卓著，对大明忠心耿耿，所以深受后人敬仰爱戴，台湾人争相为他修建祠堂庙宇，世代祭拜不衰，其中以台南延平郡王祠香火最盛。

由秀才而封王，主持半壁旧江山，为天下读书人顿增颜色；

驱外夷以出境，自辟千秋新事业，语中国有志者再鼓雄风。

这副题于台南延平郡王祠的对联，由丘逢甲题写。丘逢甲（1864—1912），字仙根，号蛰庵，别署沧海君，台湾彰化人，广东嘉应籍。读书人出身，幼时在台湾被誉为神童，后中举人、进士，封京官，但他无意做官，遂返回台湾以教书为业。甲午战争期间，入唐景崧幕府，抵抗日本侵略台湾，失败之后内渡广东，一直奔走呼号致力于收复台湾。

从对联中我们可以看到，他的上联是以读书人的身份下笔。郑成功也是秀才封王，创建了一番事业，为读书人树立了楷模。下联由郑成功而联想到自己，要像郑成功一样，驱除蛮夷，建立功业。

再看这副郑成功祠堂联：

东海望澎台，风景不殊，举目有河山之异；

南天留祠宇，雄图虽渺，称名则妇孺皆知。

此联为民国四年即 1915 年，许世英任福建巡按使期间到福建南安谒郑祠所题。他的侧重点明显不同于上联。

这副对联，是以乡亲父老的身份写的。上联写郑成功收复台湾的功绩，下联写郑成功虽然最后未能"复明"，但是在家乡留下了影响，他的名字妇孺皆知。

从这两副对联来看，立意在很大程度上受到了作者本人学识、眼界、襟怀、身份、地位等方方面面的影响。同一个人物，同一个事件，同一段历史，在不同的人的眼里，观点是各有不同的。甚至在同一个人的眼里，在不同历史背景下，想法也会有所不同。

两副对联，第一联比较代入自我，很有现实意义，由郑成功驱除荷兰人，联想到当下的日本人。由郑成功以一介书生建立功业，联想到当今的读书人。

第二联比较朴实，单纯以乡人的视角来写郑成功。写出了郑成功的功绩以及在家乡的影响。

综观两联，都各自紧密切合作者自己的身份，没有夸大，也没有标榜，更没有撇开史实背景枉顾左右而言。而我们有时候在写对联的时候，为了高大的立意，故作深沉，故作深邃，抛开自己的身份、经历、眼界和境遇，一味学古，一味学清联的高手笔法，假得厉害，写出的文字完全与自己的经历、身份不相契，这是很不可取的。文贵真实自然，联也一样。

古朴典雅的河津禹庙联

河津大禹庙位于山西省河津市清涧街道办龙门村南，是一座历史悠久的的庙宇，其与韩城大禹庙遥遥相对，是古龙门八大景之一，毁于抗战时期的炮火。2012 年春，龙门村择宜地重建大禹庙，是年桃月奠基，葭月竣工。

2021 年 7 月，老师宋少强为河津大禹庙题写了一联：

> 建极绥猷，祀孔德以太牢夏鼎；
>
> 导流归海，执厥功在虎壁龙门。

我读老师此联读出了上古之味。学生不才，冒昧试就老师此联解读、学习。

相传上古时期，龙门山（位于今陕西韩城与山西河津交界处）堵塞住了黄河水的去路，把河道挤得十分狭窄。奔腾东下的河水受到龙门山的阻挡，常常溢出河道，酿成水灾。大禹到了那里，观察地形，率先民们开凿龙门，苦战四年，把这座大山凿开了一个大口子，河水顺口而下，奔腾咆哮，声如巨雷。集中在龙门水下的大鲤鱼为急流所迫，随之而下，向下不断跳跃，造就了民间流传的吉祥之兆——"鲤鱼跳龙门"的故事。

为纪念大禹的功德，人们誉龙门为禹门，河津人于汉代在龙门东岸石岩上创建了大禹庙，被誉为"七祠八庙"之首。

大禹最卓著的功绩，就是历来被传颂的治理滔天洪水，划定九州、奠定夏朝基业。

写历史人物，如何下笔，从哪个角度立意，往往就奠定了联的气势与格局。写大禹，有太多太多的典故可以入联，正史的、传说的，比如三过家门而不入，比如治理大水，改"堵"为"疏"，比如"九州攸同，四隩既宅，九山刊旅，九川涤原，九泽既陂，四海会同"，等等，如何遗形取神，选取最为重要的角度为我所用，至为重要。

老师此联，上联起笔即抛开一切琐碎，用皇煌帝谛之尊，极写大禹创万世之功业，大德鼎九州，尊享太牢之祀，同时又稳切祠庙主题；下联取龙门之典，夯实改"堵"为"疏"的伟大创举。"厥功"出自《尚书·大禹谟》"皋陶矢厥谟，禹成厥功，帝舜申之"；虎壁出自对岸韩城的西禹庙。在西禹庙的照壁上，刻有《陕西韩城龙门虎图》。神通广大的老虎奔走在河岸上，它两只铜铃般的眼睛始终盯着蛟龙，蛟龙稍不驯服，猛虎就扑下去咬它一口。传说中的龙门很多，既有黄河龙门，也有伊阙龙门，不管是哪一个龙门，禹门即龙门，大禹导流归海，已是老百姓心中根深蒂固的千秋伟绩。

对联句式选取四八句式，不拖沓、深邃厚重，读来古味十足。比起现今联坛愈写愈长的联风，有清爽、利落之感。

而大凡庙宇联，都要求用语吐属堂皇大气，端庄典雅，尤其是写大禹这样一位圣人，联语更应字字珠玑。建极、绥猷、孔德、太牢、夏鼎等这些词语，都出自上古之典，读来高深莫测，非细究而不知其意。

建极绥猷：出自《尚书》，其意是君临天下，建立雄伟强大的国家，安抚海内的藩属，创万世之功业。

孔德：即大德、盛德。《老子》："孔德之容，惟道是从。"河上公注："孔，大也。有大德之人，无所不容。"汉焦赣《易林·坤之比》："孔德如玉，出于幽谷。升高鼓翼，辉光照国。"

太牢：古代祭祀，牛羊豕三牲具备谓之太牢。《庄子·至乐》："具太牢以为膳。"《大戴礼记·曾子天圆》："诸侯之祭，牲牛，曰太牢。"

夏鼎：即禹鼎。相传夏禹铸九鼎以象九州。其上镂山精水怪之形，使人以知神奸。欧阳修《读山海经图》云："夏鼎象九州，《山经》有遗载。"

写于 2021 年 7 月 22 日

含饴一笑待雕龙

——贺东瑞老师添孙联解读

今年 6 月 8 日，老师东瑞喜得男孙宝。东瑞老师，原名黄东涛，香港作家，现任香港华文微型小说学会会长，出版著作 140 本。小孙子出世，全家喜出望外，作为学生的我亦为老师全家感到高兴。特请求楹联老师为东瑞老师题赠贺联。老师宋少强，网名为尘封记忆，是四海楹联研究院院长、鞍山市楹联学会副会长。他的贺联是：

> 南有嘉鱼，悬矢当年曾问鲤；
>
> 既多麟趾，含饴一笑待雕龙。

老师此联，典出《论语》及《诗经》，格调典雅，气势不凡。东瑞老师收到贺联后，非常高兴，表示能收到名家贺联，实在是最好的礼物。现就老师的贺联作一浅显的解读。

"南有嘉鱼"出自《诗经》中《小雅·南有嘉鱼》。此诗在当时是一首贵族宴飨宾客通用的乐歌。全诗四章，每章四句。虽然篇幅短小，但极尽祝颂之能事，敬祝宾客万寿无疆，子孙福泽延绵，视野开阔，情深意长。

"悬矢"，犹悬弧，指生儿子，古代风俗尚武，家中生男，则于门左挂弓一张，后称生男为悬弧。《礼记·内则》云："子生，男子设弧于门左，女子设帨于门右。"

"问鲤"，鲤指孔子唯一的儿子孔鲤。典出《论语》，讲孔子问他儿子学诗、学礼之事，"不学礼，无以立"，此句指良好的家风传承。《论语·季氏篇》第十六章中，子"尝独立，鲤趋而过庭。曰：'学诗乎？'对曰：'未也。''不学诗，无以言。'鲤退而学诗。他日又独立，鲤趋而过庭。曰：'学礼乎？'对曰：'未也。''不学礼，无以立。'鲤退而学礼"。

"麟趾"，即麟之趾，出自《诗经·周南·麟之趾》，这是赞美诸侯公子的诗歌。此诗以麒麟比人，祝贺人家多子多孙，且子孙品德高尚，如同麒麟。

"含饴"，含饴弄孙，出自《后汉书·明德马皇后纪》："吾但当含饴弄孙，不能复知政事。"

"雕龙"，双关之语，一取文学理论专著《文心雕龙》，喻爷爷是著名作家；二取将孙子培养成龙之意。

此联的上联，讲东瑞老师一家的好家风传承，用孔子对儿子的"问礼"之典予以赞美，无比契合。东瑞老师本人是著作等身的作家，其儿子是北大毕业的高才生，现为香港某重点中学的老师，父慈子孝，诗书传家，家风郁郁。下联用《诗经》之典入联，洋溢着浓浓的喜庆之气和美好的祝福。雕龙之双关，对于东瑞老师尤为相契，既喻男孙宝为可雕之材，又极赞东瑞老师在文学上的瞩目成就。说宋老师此联是一副"高大上"的贺生联，一点也不为过，不愧为名家手笔。

家乡先贤王禹偁"对联"赏读

《蕲春文化简史》（湖北省荆楚文化研究会、黄冈市政协文史和学习委员会、蕲春县政协文史资料教文卫委员会主编）第四章《宋元文化》第一节《外籍文化大家与蕲州》中写到了北宋诗人王禹偁，说《宋史·王禹偁传》记载了王禹偁所写的《蕲州谢上表》，上表中有一副对联，对联是这样的：

　　　　宣室鬼神之问，不望生还；

　　　　茂陵封禅之书，止期身后。

对联一般是上联尾字仄、下联尾字平，仄起平收，而这副联是平起仄收，虽说史上有过平起仄收的对联（如"惟楚有材；于斯为盛"），但是王禹偁写的这副到底算不算联呢？

找到了《宋史·王禹偁传》里的一段文字，里面的记载是这样的：

（咸平）四年，州境二虎斗，其一死，食之殆半。群鸡夜鸣，经月不止；冬雷暴作。禹偁手疏，引《洪范传》陈戒，且自劾。上遣内侍乘驲劳问，醮禳之，询日官，云："守土者当其咎。"上惜禹偁才，是日，命徙蕲州。禹偁上表谢，有"宣室鬼神之问，不望生还；茂陵封禅之书，止期身后"之语。上异之，果至郡未逾月而卒，年四十八。

原来并不是对联，而只是《蕲州谢上表》中的一句骈文。但是，这并不影响它的雅致和精美。

先看看王禹偁其人。王禹偁（954—1001），字元之，济州钜野（今山东省巨野县）人。北宋诗人、散文家，宋初有名的直臣。北宋太平兴国八年进士，历任右拾遗、左司谏、知制诰、翰林学士。敢于直言讽谏，因此屡受贬谪。宋真宗即位，召还，复知制诰。后贬至黄州，故世称王黄州，后又迁蕲州（现湖北省蕲春县），病死。著有《小畜集》三十卷、《五代史阙文》，传世名篇《待漏院记》《小竹楼记》被收入《古文观止》。

"宣室鬼神之问，不望生还"，用汉文帝和贾谊在宣室的对话故事，表明自己空有一身才气，只落得个像汉文帝用贾谊一样——汉文帝召贾谊入宣室，不问正事，只问一些祭祀、鬼神之类没有用的事，然后把贾谊贬至长沙，最后死在长沙。"宣室求贤访逐臣，贾生才调更无伦。可怜夜半虚前席，不问苍生问鬼神"，这首李商隐的《贾生》讲的就是这个故事。其实上句是对皇帝有怨言，发牢骚。

下句用司马相如遗作《封禅书》被献给汉武帝的故事，喻自己空有司马相如一样的才华，能写司马相如一样的文章，希望死后能被皇帝采纳。《封禅书》叙述了古代传说中七十二位国君封禅泰山；汉王朝文治武功，显赫一时，四境归顺，祥瑞屡现，雄才大略可与历代君王媲美。作者借此文劝汉武帝进行封禅，并在文章的末尾对天子加以讽谏。这篇文章在司马相如死后被交给汉武帝，并对汉武帝日后的多次的封禅活动产生重要影响。

王禹偁在黄州知州任上因"灾异"事件，被贬蕲州，不到一个月，即病逝于蕲州。再看这句骈文，令人唏嘘。

写于 2019 年 10 月 19 日

联说世事：斯文扫地，何以为师？

今天浏览《楚天都市报》，一则报道使我震怒：如此败类，如何混进为人师表的队伍；如此戾气横生，上苍怎可赐其妇人身，为人女为人妻为人母？

报道称，近日，某地某小学毕业典礼上，一名数学老师（女）因不满学生只给班主任送花，竟当众发飙，向学生爆粗口、吐口水、踢凳子、砸鲜花，旁边老师多次劝阻无效，她仍然怒气不消。我的天，可以想象这个可怜的孩子，幼小的心灵受到了多大的伤害！

《礼记·学记》有"为人师者，必先正其身，方能教书育人，此乃师德之本也"之句，《幼学琼林》里也有"弟子称师之善教，曰如坐春风之中"之说。

虽然，视频曝光后，当地政府以最快的速度给予了这位教师撤销教师资格、降低岗位等级、调离教育系统等处分，给教育局、学校的负责人给予了相应处分，但是其所作所为，已玷污了人民教师的风范，给受害者稚嫩的心灵烙下了永久的伤痕。

愤慨之余，试作一联，聊以针砭。

为争一束花，竟爆粗口，吐恶涎，砸讲台，有辱斯文，何以作人师表；

面对千秋业，当修素怀，积明德，远邪欲，许成君子，方能播美心田。

2020 年 7 月 22 日写于流眄斋

千山风景名胜区楹联赏读

  千山位于辽宁省鞍山市，素有"东北明珠"之称，是国家5A级旅游景区。因相传有999座山峰，其数近千，故名"千山"，又名"积翠山""千华山""千顶山""千朵莲花山"，千山"无峰不奇，无石不峭，无庙不古，无处不幽"，古往今来一直是吸引众多游人的人间胜境，千山正门就可以看见两行大字：南海八千路，辽东第一山。

  千山由近千座状似莲花的奇峰组成，自然风光十分秀丽。它虽无五岳之雄峻，却有千峰之壮美，以独特的群体英姿，像一幅无穷无尽的天然画卷，展示在辽东大地上。"欲向青天数花朵，九百九十九芙蓉"，这是清代诗人姚元之对千山的绝唱。千山亦是道教主流全真派圣地。有人云："识得关东千山秀，不看五岳也无悔。"

  千山风景区悬挂有多副古人和今人创作的楹联，这些楹联给风景区增添了无限的雅致与风情。此文试就旧址山门、雨润梨园和静修亭三处悬挂的今人楹联作一浅读，不到之处敬请海涵。

千山风景名胜区旧址山门联

（作者：辽宁宋少强）

扶云参万象；

绝顶瞰千华。

  此联胜在气势。夫万象者，宇宙间一切景象也，极言千山之博大。夫千华者，千朵莲花也，极言千山之圣洁。一扶云、一绝顶，俯仰之间，千山尽入襟怀，亦不快哉。

千山雨润梨园

（作者：辽宁王菲）

花如片雪七分白；

梨出千山一脉香。

此联胜在清新。瓣瓣梨花白似雪，千树万树白玉条。相逢处，钿车罗帕，香满岭表。不知是花香还是人儿香，只那盈盈一脉，就醉在其中。

千山静修亭

（作者：山西温本理）

无事坐来如石定；

有心修到似花香。

此联胜在禅意。天地间真滋味，唯静者能尝得出；天地间真机栝，唯静者能看得透。静修静修，先要静。如石定方可真正静下来，如此静下来，花香之类的真滋味自然能修来。

让我感动的那些链接

刚过立秋，我这只楹联界的"小白"，就在公众号"燕赵联坛"上收获了我学联以来，第一个真正意义上的联集。感谢楹联大咖白国成老师，感恩"燕赵联坛"。太多的感动瞬间，让我想要捕捉、想要牢记。感恩遇见，珍惜遇见。

上月底，白老师微信告知我，"燕赵联坛"约稿，让我准备20～30副联作，上《四海联家》专栏。

记得收到这条微信时，是个大清早。凉爽的晨风，伴着激动的心情，愉悦了我一整天的身心。要知道，曾几何时，每每看到《四海联家》栏目下一长串让我仰慕的联家姓名，心中无数次翻滚着"我什么时候能上这个大名单"的念头。

而当梦想成真的时候，我竟生出惴惴不安的念头。觉得自己的联作水平远远够不上这个专栏，甚至还有白老师是不是发错人的猜测。

我把整理后的三十副联，发给老师"尘封记忆"，请他把个关，并且说出我的猜测。老师说："不用看，你的这些联平时我都看过，写得不错，你的进步是看得见的。"

而当今天，公众号推出我的联集后，我再次被白老师深深感动。不是因为编辑制作的精美，而是联集中竟细心地做了有关我的多个链接。有我的散文、游记、小小说、写联浅论等不同类型的公众号链接，而这些链接跨越几个年度。

白老师这该是有多么的细心。他怎么可以做到这样的精致。于无声处听惊雷。为人师表，不需多言。

在楹联界，似乎不认识白老师的少。我是通过我的老师尘封记忆，在四海楹联研究院认识他的。他们是联作水平不相伯仲、友谊不分彼此的好金兰。

这么说吧，如果真正想写好楹联，真正想学地道、正宗楹联的，不可以也不可能不读白老师的联。

白老师是河北沧州人。在他和我老师一起写联的一辈人里，他又被称作大姐夫、塞上长城。而我进四海学联的时候，他叫无邪。

白老师的联，老师在四海学堂里讲过很多，有一副题写福鼎白茶的联，记忆深刻。

题福鼎白茶

淡看浮沉，且消人世三分热；

无须炒作，犹占东南一品香。

这"无须炒作"是神来之笔，既契合福鼎白茶的制作工艺，又双关了作者的襟怀和处世态度。

文为心声。白老师细心地收集我的文字链接，不正是"无须炒作"，而赢得了对他的无比敬意和感恩，从而"犹占东南一品香"么？

2021 年 8 月 9 日写于流眄斋

四壁书香不老梯

最初知道叶嘉莹先生，缘于 2018 年底某微信对联群的同题赛事：叶嘉莹先生宣布捐赠毕生积蓄给南开大学，设立"迦陵基金"，支持南开大学古典文化研究。请以此为题作联。

浅薄如我，在这之前，根本不知晓叶先生之赫赫大名。百度资料，才知道先生 1924 年 7 月出生，号迦陵，中国古典文学研究专家。现为南开大学中华古典文化研究所所长，中华诗词学会名誉会长，博士生导师。

怀着对先生的一颗无比景仰之心，2018 年初才接触成联的我，硬生生、惶恐恐地凑了个联，今次看来，上下联完全没有拉开角度，联语浅白、拘谨，顶多只能算是对仗平仄符合联律通则的两行话。不过，联虽然没有写好，但是知晓了先生其人，也算是一个额外的收获。

自此后，就比较留意和关注有关先生的讲座和文章了。2019 年初，在朋友圈里发现了一个链接，是叶嘉莹先生《唐宋词十七讲》视频教学全集。我如获珍宝，收藏后得空就听先生的视频讲座，跟随先生低吟浅唱，听先生论析温庭筠、韦庄、冯延巳、李煜、晏殊、欧阳修、柳永、苏轼等 15 位词人，一同走进唐宋词的清丽和婉约之中。那段时间，哪怕闭上眼睛，眼前都能浮现出先生一头浓密的卷发，戴着眼镜，时而吟哦，时而讲析，时而翻放幻灯片的优雅场景。我被先生深深地迷住了。

再次走近先生，是庚子年十二月，我县作协组织诗歌爱好者到电影院观赏讲述叶嘉莹先生传奇人生的纪录片《掬水月在手》。这部电影，最近荣获第三十三届中国电影金鸡奖最佳纪录/科教片，它以唯美、古典、虚实相结合的场景，真实再现了先生终生痴迷、追随、执教古典文学的不凡历程。电影中，

96 岁高龄的先生优雅地坐在一隅，浅笑兮婉约，深笑兮清丽，有人说她是最后的国学大师，有人说她是最后的贵族。我说她就是一首古诗，一首浸透了汉韵唐仪的诗。

先生出生于 7 月的燕京，当时庭院小池里荷花盈盈，稍长大后，三四岁时，父母就开始教她背诵古诗，认识汉字；6 岁就随家庭教师读《论语》《诗经》。历经坎坷，不改热爱古典诗词的初心，此后，一直活跃在中国、加拿大及美国的古典诗词讲坛上。

生活待我以磨难，我待生活以诗词。若天下每一个女子，都能将自己活成一首诗，这世界该多么美好。

谨以一联题写先生，以表心中无限敬仰之情：

入世即菁菁，七月荷洵美且娟，吟犹汉韵，诵也唐仪，一身诗意千浔瀑；

转篷何落落，数十载春风绛帐，汲古播今，尚真崇善，四壁书香不老梯。

2021 年 1 月 7 日写于流眄斋

我对成联切题的浅显认识

对联两行字，切题变化多。切得妙的、切得差的，切得实的、切得虚的，切得意境幽远的、切得寡然无味的，切得有思想的、切得无趣味的，个中手段、技巧很多。

而各楹联公众号上亦有很多很多关于对联切题的理论。写此文时，有意不去百度，试图通过学习尘封记忆老师的作品，组织自己不太专业的语言，就对联切题的手段和注意事项作一个浅显的认识，权当是学习体会，不当之处，还请老师和学友包涵。

一曰嵌字切题。直接把主题的字嵌入联中，主要用于恭贺新婚联，题写书院、楼台、寺院联。嵌字的位置不千篇一律，随心所欲，合理、合意、雅正即可。如：

题丽正书院

乾元化物，廊庑集贤，光耀三垣，丽乎天地；

俊彦东都，衣冠上国，风开四海，正以文章。

丽乎天地／正以文章，很随意又很舒服地把题嵌于联中，既写出了书院的主旨，又稳稳地切住了书院的名字，没有一丝一毫的生硬感。

嵌字切题要做到"两不"，即嵌字不能生硬、不能牵强。否则，不如不嵌。

二曰用典切题。运用恰当的典故来切题，不直接点明主题，但是让人一看就知道要表达的是什么。一般是在上下联同等的位置，用不同的典相对，这样的切题，人物联、贺寿联、贺生子联用得较多，题署联也有在用。用典切题的联，由于用的都是古典，联语大都古意盎然，雅致畅达。如：

朱舜水

生死固何辞，岂不闻秀夫蹈海，屈氏涉江，数载浮槎，犹信丹心能捧日；

蛮夷安可化，徒一笑老子西行，胥余东往，寒庐课业，还怜汤谷葬沉星。

此联分别用了秀夫蹈海/屈氏涉江，老子西行/胥余东往这两组自对的典故，分别对朱舜水的爱国情怀和毕生致力传播儒学两个最主要的人物特征，进行了生动的刻画，人物形象跃然眼前。

用典联最考量"两强"，即作者的知识储备量足够强，文言文的把控能力足够强，这二者都必须相当熟练，才可化典为无形，用典来升华联作的深度和宽度。

三曰状景切题。用周遭景物，或者遥想当年的景物，用身临其境的手法，来状景切题。此类切题手段多用在各种题署联。如：

黄山

数丘石笑秦封汉禅，佳境出天真，七二峰并雁荡匡庐，鼎列寰中轻五岳；

一株松恰凤翥龙蟠，长风扶杖履，八千仞循玉屏云谷，漫言海外诩三山。

联中的石、峰、松、风，以及雁荡匡庐、玉屏云谷等，都是黄山周遭实实在在的风景。用实景切题，信手拈来，妥妥地不会跑题。

又如：

孙武祠

庙貌共关帝君并峙广饶，凛凛壮雄威，此来仰提旅为兵，止戈为武；

鸿章赖明太祖独开蹊径，汤汤传妙法，与人说得仁者胜，恃术者亡。

此联上联起句的"庙貌"，下联起句的"鸿章"，稳稳地直奔主题，一读就懂。

实景切题，要注意的事情就是不能"两乱"：不能乱堆砌，不能将景物进行毫无意义地堆砌，要通过寥寥数字的描写，抒发所要表达的情感和思想；不能乱选景，要做到景物为我所用，为渲染主题所用，达到四两拨千斤之效。

四曰抒情切题。围绕自己祝福、期待、惆怅、寂寞、相思、洒脱、归隐等等情愫，将两行字作为一种媒介、一个舞台，将自己的襟怀抱负公之于外，是抒情切题的手段。这种手段多半用于无题、随笔、聚会、题图等联，人物联也偶有用之。如：

戊戌随笔

两行潦草人何谓；

十载归真某在斯。

此联老师最是自喜，我也特别喜欢。只14个字，足以概括戊戌年的心血与襟期，而某在斯三个字，则有一股霸气侧漏，自信爆棚，而同时又有些许期待在其中。

又如：

题沧海雅集

冀辽情诚把臂为邻，何须说沧州狮吼，四海龙吟，千里路非遥，往复此来知马力；

风雅事许推心而论，最相宜一席咏哦，两间俯仰，三杯诗正好，笙歌犹赖起春潮。

此联上下联的后两句，千里路／三杯诗领起，抒发了知友相聚、会意豁怀、人生何如的畅快感。深情厚谊溢于联外。

抒情切题联，要做到"两真"，即言情要真诚，要用语言组织表达出发自内心的真挚情感，让读者产生共鸣；表意要真实，表达的情感要符合自己的身份，符合主题的约束，不能离开自己的身份和主题，忘乎所以地乱发感慨，故作姿态。

五曰述理切题。将自己从主题中所悟到的，以及主题所包含的哲理、道义、佛学等拿来切题，这也是写联的一种手段。多用于佛、道、儒学联，学院联，祠堂联等。如：

云冈石窟

参差十万佛，想宝相无殊，到昙曜一如西土；

风雨两千秋，惜人心不古，问世间那得大同。

结句"问世间那得大同"，双关语既切地名大同，又有浓浓的禅意，世间事亦如这十万佛，无一例相同，但是在大佛庇佑下，任何的不同都会大同，这样才会成为人间乐土。

清华大学

载则浮，鉴则清，故诸生观以水也；

绳则直，砺则利，此君子讷于言乎。

全联都以清华大学的校训切题，"天行健，君子以自强不息，地势坤，君子以厚德载物"，由《易经》之古语所诠释的君子之道，而衍生的"自强不息、厚德载物"校训，当然是最能切住清华大学校训了。

以述理的方式切题，要做到"两慎"，即用理要慎。这个"理"不可以是生造的，最好是出自四书五经之类的，涉及儒释道的，更要慎重。用理的度要慎。不能一个联同时用几个理来切题，那样会不爽利，有拖沓、混乱之感。

切题水平的高低，直接影响着一副联的好看程度；切题水平的好坏，来源于个人文学底蕴与文字的驾驭能力；而切题水平的提升，则靠慢慢领悟和积累。

学联是一种爱好和缘分。学联的路上是拣拾风景的过程。偶有所得，能被一株兰草所羁绊，哪怕仅仅只是襟袖沾香，也不虚此行。

2020 年 3 月 4 日写于流晌斋

小山小河小城皆入联

相信每个国人，对我国境内泰山、黄山等五大名山，对长江、黄河等大江大河，对武汉、郑州等大城市都不陌生，但是对最小的山、最小的河、最小的城，一定如同我一样，不甚知晓。最近，我有幸在对联老师尘封记忆的指导下，就我国大好河山中最小的山（静山）、最小的河（耗来河）、最小的城（汉桑城）为题作联，以物言志，借景抒情，增长知识，颇为自乐。

最小的山：静山

静山海拔 48 米，是山东寿光的最高点，也是寿光境内唯一的山，位于城西南 8 公里处，由于长期以来不再增高，而得名"静山"。东西最长处 1.24 米，南北最宽处 0.7 米；北高南低，最高处距地面 0.6 米，最低处仅 0.1 米。上有南北向的水纹 4 条，地表以下逐渐扩展庞大，莫测其深。寿光本无山陵，千百里坦荡平野中，一山巅微露头角兀然而立。

静山这么小，既没有五岳雄浑的气势，也没有江南山峰妩媚的韵致，怎么写出其独特的属于静山的东西呢？我想起静山其实如同红尘中，每一个求生存、求名利的凡人一样。于是，我采取拟人的手法来写联，"我"这么小，如何能以"山"的名义而生存？唯有寿光此地，无有其他山，"我"来居之，才能成为"山"。于是有了此联：

题静山

物竞求名，吾因小巧择居寿地；

尔来立异，莫不轻浮妄揣初心。

最小的河：耗来河

耗来河位于内蒙古自治区赤峰市克什克腾旗的贡格尔草原上，距内蒙古克什克腾境内的国家级鸟类自然保护区——达里诺尔湖西6公里，发源于贡格尔草原上的多若诺尔湖，河道极窄，连接多伦诺尔湖与达里诺尔湖，水量较少。耗来河也是注入达里诺尔湖的四条河流之一。耗来河全长17公里，清澈见底，水深在20厘米至30厘米，河宽10多厘米，最窄处只有几厘米，放一本书便可以当"桥"，所以当地人又叫它"书桥河"。

百度上搜来的耗来河图片，非常的养眼，耗来河九曲回环在一望无垠的大草原，无边芳草碧绿如茵。如此美景，我怎么能视而不见呢？

题耗来河

万丈原任我蜿蜒，纵仄势浅流，回环九曲沛芳草；

千百载为谁清澹？对白云苍狗，幽隐一隅顾晓霞。

最小的城：汉桑城

汉桑城，一座世界上最小而又最奇特的城，位于河南省南阳市新野县城中心。城内有一株枯枝苍劲、霜皮虬柯的桑树，距今约1800年，相传乃三国时关羽手植，虽主干已枯，然根生幼桑，历数代不衰，仍枝繁叶茂。至明代，当地官府在树外围以砖垣，城围11米，高2.7米，直径3.5米，面积约10平方米，青砖砌筑，上有土垛，状若城墙，名曰"汉桑城"。

汉桑城，说是城，其实是一种信和义的存在和象征。相传东汉末年，刘、关、张桃园三结义，驻军新野，请诸葛亮为军师。诸葛亮宽仁爱民，纪律严明，深得百姓拥护。某日，关云长因一心阅读兵书，疏忽了拴于门前桑树下的马，那马啃坏了房东的桑树。诸葛亮得知此事后，立即治了关云长的罪，并罚其另植一棵桑树，作为对房东的赔偿。以"信"和"义"入联，就成为此联的联眼。

题汉桑城

一棵树自茂林，慨千载根基，植仁播义护黎庶；

十方城堪青眼，看三分天下，夺利争名尽逝云。

幸有闲天容我静

最近读到四海楹联研究院院长宋少强的一副联，题独坐幽篁：

　　疏影交横，幸有闲天容我静；

　　鸣环婉转，未知流水为谁弹。

感觉这个题目挺有意思的，写出了如何在浮躁的尘世间，辟一隅静坐，保有一颗与世绝俗的心。

"独坐幽篁"出自王维的诗《竹里馆》：

　　独坐幽篁里，弹琴复长啸。

　　深林人不知，明月来相照。

对联既要写出幽篁，又要写出独坐，还要写出此时此刻的感受。又要有些文人士大夫的雅趣。怎么样把景物、情感，还有清新儒雅的气质写进去，这与一般风景联、历史联的大开大合是有所区别的。细腻、雅致、温和、不急不躁是整联的风格。

作者从前人作品中，选取了一些要素。

苏轼的《记承天寺夜游》里面有一句写松柏的，"庭下如积水空明，水中藻、荇交横，盖竹柏影也"；林和靖有写梅花的句子"疏影横斜水清浅，暗香浮动月黄昏"。作者分别选取了其中的"交横""横斜"两个词，组成了"疏影交横"四个字来写幽篁。

幸有闲天容我静。很显然，一方面是因为独坐的独，另一方面是因为幽篁的幽；再者也是要写出难得浮生半日闲的那种悠闲。文字都不是很着力，看着似乎挺随意，其实已把这些需要的要素都写了进去。

上联写得很静，容我静，那么下联是需要一些声音来打破这种静的，不然就太死板了。

所以下联给这个幽篁，配上了一点流水的声音，让画面活起来。

鸣环婉转，也还是用到了前人作品中的一些要素。柳宗元的《小石潭记》中有"隔篁竹闻水声，如鸣佩环"，水声有了，那么如何把这流水与作者自己结合起来呢？如果不能把风景与作者结合起来，那么风景就是单纯的风景而没有真正地与作品形成整体。

未知流水为谁弹。作者巧妙地用这一句很好地把人物与风景产生了交流。流水淙淙，如流动的琴曲一般，弹给谁听呢？对联没说，留给读者想象。这是留白。

弹给静坐的作者？弹给有缘的朋友，弹给幽篁？弹给山间的鸟雀？人与景物至此完美地融合在一起。

景物很清幽，很活泼。人也很淡雅，很从容。作品似乎表达了些什么，但又没有表达什么，一切都是若有若无。很安静，很静谧，也很从容自得。

人与景物的融合，情感与景物的融合，人物性情与景物的融合，幸有闲天容我静，一幅绝尘绝俗的娴静画面，就这样完美地呈现在读者的面前。

一川碧嫩水怀珠

自打喜欢上楹联、学习楹联后，时时、处处都关注着楹联，这不，近几日因公去了邻县浠水的一个乡镇，竟惊奇地发现，该镇政府办公楼从大门到每个办公室的门，都镌刻着对联，并且还是不同的书法体，这真的把我镇住了。

该镇办公楼不是很新，甚至还有些陈旧，细看镌刻楹联的牌子，书法落款为甲午年，原来是 2014 年，已有 5 个年头了。陈旧的办公楼因这些对联让我刮目相看。

询问镇办公室值班的小伙子，说是上上任老镇长爱好这个，当时弄的。

"这个镇长可真有情怀啊。"我轻轻地赞了一句。

小伙子说："是的呢。不过喜欢的人就说好，不喜欢的人说不伦不类。"

喜欢对联、书法的人，觉得陈旧的办公室因为对联的张挂，立马显得沧桑、有文化；不喜欢对联、书法的人，说办公场所也不是风景区，挂这些东西，有附庸风雅之感。

确实有道理。比如与我同行有三人，只有我一个人热爱楹联，也只有我一个人第一眼就发现了这些特别的存在。

小伙子笑呵呵地应了几句，忙公事去了。我则逐个逐个地拍照、读联。

办公楼的大门联挺不错，是用钛合金质地的牌子，行书书写，与镇委镇政府等六七个牌子竖挂在大门楣上。对联的牌子挂在最醒目的位置，大门内侧。

对联是这样的：

> 满目青娇山蕴玉；
>
> 一川碧嫩水怀珠。

该镇的名字为"绿杨"，境内青山连绵，秀水蜿蜒，此联对仗工整，联意深刻，不仅写了美景，"满目青娇""一川碧嫩"，而且对境内的山水寄予了美好的期望和祝福，"山蕴玉""水怀珠"，让我这个外地人看了也顿觉该镇魅力与希望同存。

镇政府行政大办公室（含信访办）的对联是：

> 诉有听询有答热情接访；
>
> 忧当排屈当伸公正待民。

此联下联失律，接访与待民对仗亦不工，但是作为行政办公室的对联，较为全面地对办公室人员的工作职责、态度及理念进行了高度的凝练，对每天上班的工作人员是一种警醒，对每个进门办事的人员亦是一剂定心丸，很是贴切。

还有一副联，对应办公室的门牌是新的，估计在挂这副联的时候，不是这间办公室。但是对联对仗工整、内容简洁明了。

> 党风端正民生福；
>
> 国法严明社稷安。

上下联分别从党风、国法两个角度进行撰写，联语表达的既是一种态度，又是一种期盼，更是一种祝福，让每个进出办公室的人自觉地遵守党纪国法。

这一个办公室的对联是用隶书书法写的，表达的意思，更切合人武部，但是挂的牌子是扶贫办。

> 饮水思源，知恩报国；
>
> 开来继往，圆梦兴邦。

两个四字句的句内自对，相当不错，感觉撰写此联的人对联律通则的掌握相当的熟练。

这个办公室的对联，比较契合党办的职责，但是没有见到牌子：

> 遵循宗旨，为民作仆；
>
> 转变作风，爱国兴邦。

觉得下联的前后两句关联不够，如果上下两联第一分句对换呢，也不无不妥，所以此联对得不是太好。

还有好几个办公室的对联都没有拍下来，但是大约记得联语都离不开圆梦、清风、清正、廉明之类的词语。

尽管这些词语写入对联，有"老干体"之嫌，但是一个乡镇政府的办公大楼，用众多的联语，代替千篇一律的宣传栏、标语，何尝不是一股扑面而来的清风呢？！

写于 2019 年 7 月 28 日

一堂生动的纠讹止讹对联课

《中国名胜古迹对联选注》（王存信、王仁清著，1984 年 1 月吉林人民出版社出版）里，录有一副清人薛慰农的《秦淮河水阁对联》，并配有注释和解析。1 月初的一天，我把书中此联及此联的注解发至老师创办的"四海楹联研究院湖北分院"微信群里，老师看后，对此联及联的注释提出了质疑，当即在微信群里开讲了一堂纠讹止讹的对联课。

对联是这样的：

六朝金粉，十里笙歌，裙屐昔年游，最难忘北国豪情，西园雅集；

九曲清波，一帘梦影，楼台依旧好，且消受东山丝竹，南部烟花。

薛时雨（1818—1885），字慰农，一字澍生，晚号桑根老农。安徽全椒人。清代咸丰三年（1853）进士，授嘉兴知县。晚清著名词家之一，作品有《藤香馆诗删》《词删》等。

老师对清联颇有研究。他认为，联中的"北国豪情"的"国"字有误，书中对"南部烟花"的注释也值得斟酌。

书中对北国豪情的注释为：北国泛指我国北方，古代认为北方民族大都剽悍豪爽。师父说，北国，似乎是北海之误。北海豪情，是指孔融孔北海喝酒豪爽，豪气干云；甚至，就算是北固豪情，都有可能。最不可能的就是北国豪情。毕竟这里是江南。况且既然写秦淮河，那么写北国干什么？而且后面有雅集，明显是和文人有关。

孔融（153－208），字文举。东汉末年文学家，"建安七子"之一，为孔子的二十世孙。罗贯中曾在《三国演义》中记载后人有诗赞孔融：孔融居北海，豪气贯长虹；座上客长满，樽中酒不空；文章惊世俗，谈笑侮王公。史笔褒忠直，存官纪"太中"。徐钧亦有诗赞：客满樽中酒不空，眼高四海眇奸雄。才疏意广终无就，已兆清虚西晋风。

"南部烟花"在书中的注释为，南部泛指我国江浙一带，烟花是旧社会对歌妓女的俗称。老师认为这种解释显然不妥：南部烟花是有出处的。前人伪托唐人颜师古编撰有《南部烟花录》一书，又名《大业拾遗记》，亦名《隋遗录》，是一部小说，主要讲述炀帝幸广陵江都时宫中秘事。

事实上，此联两组自对中的东山、北海、西园、南部全都有出处。

东山丝竹，东山是指谢安。谢安（320 — 385），字安石，东晋政治家、名士。年轻时曾借病辞官，隐居东山，因此也有谢东山的别称。他后来接受邀请，出山做官，"东山再起"也是因此而来。谢安多才多艺，善行书，通音乐；性情娴雅温和，处事公允明断，不专权树私，不居功自傲，有宰相气度。

西园雅集，也是双关。一是秦淮河大约是有一个叫西园的地方，二是西园雅集在历史上很有名气。

北宋时的驸马都尉王诜邀苏轼、苏辙、黄庭坚、米芾、蔡肇、李之仪、李公麟、晁补之、张耒、秦观、刘泾、王钦臣、郑嘉会、陈景元、圆通大师（日本渡宋僧大江定基）等十六位文人名士相聚西园。李公麟作图，即《西园雅集图》；米芾为记，即《西园雅集图记》。此"西园雅集"与"兰亭集会"并称为传颂千古的文学美谈。

老师讲完，我又在网上找到了一联，是这样的：

薛慰农游秦淮河对联

六朝金粉，十里笙歌，裙屐昔年游，最难忘北海豪情，西园雅集；

九曲清波，一帘梦影，楼台依旧好，且消受东山丝竹，南部烟花。

果然是北海豪情，而非北国豪情。这样一来，自对东山／北海，是人物自对，侧重写南京的历史；西园雅集／南部烟花是艺术行为自对，侧重写南京的人文。每个字都有来历，每个字都没有虚下。

听完老师的纠讹止讹课，我受益匪浅。书到用时方恨少，师父平时写联、讲联引经据典，信手拈来，也总是教导我们要多读书多积累。也只有多读书善于读书，多积累善于积累，才不会人云亦云，错了都不知错在哪里。

2020 年 1 月 5 日写于流眄斋

一字推敲"立夏"联

2018 年 5 月 5 日，时值立夏。立夏是一年 24 个节气中的第 7 个节气。诗词联界里，自古以来，每个节气的到来，都有吟诗作词题联的习惯。5 月 4 日下午，四海成联群里几位老师，即贴出了题"立夏"的联。寒天老师最早贴出，他的联是：

　　斗指东南，时必序之，所毓所钟，於斯将盛；

　　心怀天地，人方共也，不知不觉，谓我何求。

成联群里，除了我的老师尘封记忆外，寒天老师堪称第一大神。

这让我很是心动，跃跃欲试想凑一副联。

百度查"立夏"相关的资料，查古代题写"立夏"的古诗词，晚上就一直在构思，在想什么样的角度、想用如何的语言节奏，来完成属于我自己的"立夏"联。

我查到了有"立夏三新"之说，于是想用"三新"来入联，以下是三新之说：

立夏三新，又称立夏三鲜，是中国民间的饮食习俗，传统的"三新"即玄武湖的樱桃、高淳的青梅，镇江的鲥鱼。立夏，为夏天的开始。

当晚我就凑了一副"立夏"联，是这样的：

　　一日三新，一餐三淡；

　　蔷薇其骨，菡萏其形。

联写好后，反复推敲，不甚满意。感觉只有铺排，只有表象，没有生发，没有自己的情感。我自己都不满意的联作，我是断然不敢发给师父求指正的。于是搁下，想着第二天上午再写。

第二天即是周六，正是立夏当天。一大早，我信步来到离家不远的公园，一曰晨走，一曰寻找立夏的气息。

公园很是清新。一汪清澈的人工湖边，一岸是依依杨柳，一岸是错落有致的花坛树草。晨风中，杨柳舒展着婀娜的身姿，湖边亲水处，人工种植的各种水草，伴着微微的波澜，轻盈地摇曳着绿光。

陡地，我的脑海里就浮起了"风起于青萍之末"这句诗，想到了用"风起青萍"入联，心中一阵小悦。

步行至大型的花坛边，只见各种春华已褪去，满眼的葱绿迎面扑来。渐行渐近中，突然，点点红光隐隐而出，石榴，是石榴，石榴花开了。怪不得古诗中都有用石榴花描写夏天的，如韩愈的"五月榴花照眼明，枝间时见子初成"，欧阳修的"荒台野径共跻攀，正见榴花出短垣"，等等，我想也要用红石榴来入联。怎么入联呢？昨晚下了雨，细瞧石榴花上，晶莹的雨珠似睡美人脸上的珠贴，动人心魄，"红榴醒雨"这四个字即刻腾出了我的脑海。上联"青萍起风，红榴醒雨"即刻成形。

但是，萍、风同为平声，萍字要调整，怎么调，用什么字呢？

我望着一湖清水、一弯绿草出神。只一会儿，那首著名的"再别康桥"浮现出来：

……

软泥上的青荇，

油油的在水底招摇，

在康河的柔波里，

我甘愿做一条水草！

……

用"青荇"代替"青萍"，岂不妙哉？

上联有了，下联我就要有自己的生发，自己的思想和自己的情感。立夏节气，万物生长旺盛，上联用风雨入联，是铺排、是伏笔，祈求风调雨顺、国泰民安的。于是下联就非常顺畅地出来了：斯时正盛，维地馨安。

晨练回到家里，题写立夏的联就出来了：

> 青荇起风，红榴醒雨；
>
> 斯时正盛，维地馨安。

我甚感满意，于是私信发给师父求指正。

师父作了一字修改，为：

> 青荇养风，红榴醒雨；
>
> 斯时正盛，维地馨安。

我问师父为何"起风"为"养风"？师父说"风起于青萍之末"是秋天，而现在是立夏，风不是还没有起吗？对应下联的双关之意，就要把风"养"起来，养好了，才能风调雨顺呀。

我非常开心，立即把改好后的立夏题发至大群里，几位老师点赞不已，"联漂亮人漂亮"，我兴奋地发红包致谢"大神"们的鼓励。

老师的一字之改，让我甚感学联练字功夫的劲道。正应师父在课堂里的一句话——"学联的路，还远着呢……"

2018 年 5 月 6 日写于流昒斋

张竹坡对联赏读

近日，在校对《蕲春文化简史》一书中，读到了家乡先贤"天国文士张竹坡"因为遭官捕而写的两副对联，在老师的指导下，我试着赏读，现予录之。

张竹坡（1833—1914），名绍铸，号卓哉，入州庠名标，湖北省蕲春县马畈马家桥舒家塆人。著有《种绿山馆诗草》，是鄂东一带较知名的机智人物。青年时因针砭时弊，在广济（今武穴市）遭官捕。虽深陷狱中，仍斗志昂扬，并作联一副以抒其志：

<blockquote>
箕子为之奴，不历艰辛，安得陈畴匡圣主；

夷吾举于士，幸逢知己，终当佐命霸诸侯。
</blockquote>

先贤此联以史上两个有名的人物胥余、管仲入联，以他们的境遇和轨迹，喻示自己不凡的志向和才气。言外之意：只要给我机会，我一定也能够建立不朽的功绩。

先看上联人物。箕子，名胥余，殷商末期人，纣王的叔父，官太师，封于箕，在商周政权交替与历史大动荡的时代中，因其道之不得行，其志之不得遂，"违衰殷之运，走之朝鲜"，建立朝鲜，其流风遗韵，至今犹存。

箕子与微子、比干，在殷商末年齐名，并称"殷末三仁"，《论语·微子》中有云："微子去之，箕子为之奴，比干谏而死，孔子曰：'殷有三仁焉。'"

再看下联人物。夷吾，即管仲。管仲（约公元前 723—公元前 645），姬姓，名夷吾，字仲，谥敬，颍上（今安徽颍上县）人，中国古代著名的经济学家、哲学家、政治家、军事家，春秋时期法家代表人物，周穆王的后代。齐僖公三十三年（公元前 698），开始辅佐公子纠。齐桓公元年（公元前

685），得到鲍叔牙推荐，担任国相，并被尊称为"仲父"。任职期间，对内大兴改革、富国强兵。对外尊王攘夷，九合诸侯，一匡天下，辅佐齐桓公成为春秋五霸之首。

对联用 547 经典句式，不拖沓，不纠结，畅达雅致。上下联两个起句点明所要使用的人物及其境遇，中间分句承接有力，指出结句"匡圣主""霸诸侯"的缘由，一气呵成，用典恰如其分，没有额外的添油加醋，言外之意尽在其中。难怪县官见其文采出众，便以一般同案宣布出狱。

出狱时他又写一联：

> 缧绁羁东鲁之儒，公冶长非其罪也；
> 甘棠布南国之故，真明宰庶乎近焉。

先看上联。上联用公冶长因通鸟语被官家治罪入狱的故事，言明作者入狱的罪名，与其如出一辙：莫须有的罪名。

缧绁，古时捆绑犯人的绳索。引申为监狱。《史记·太史公自序》："太史公遭李陵之祸，幽于缧绁。"

公冶长（公元前 519—公元前 470），又称公冶氏，名苌，字子长、子芝。春秋时齐国人（一说为鲁国人），今山东诸城贾悦镇近贤村人。是春秋时期孔子的弟子，"七十二贤"之一。自幼家贫，勤俭节约，聪颖好学，博通书礼，德才兼备，终生治学不仕禄。相传通鸟语，并因此无辜获罪。孔子出于对诸侯开政的不满，又因对公冶长身陷囹圄而痛惜，便说："公冶长虽在缧绁之中，非其罪也。"

再看下联。甘棠，即棠梨树。《史记·燕召公世家》："周武王之灭纣，封召公于北燕……召公巡行乡邑，有棠树，决狱政事其下，自侯伯至庶人各得其所，无失职者。召公卒，而民人思召公之政，怀棠树不敢伐，哥咏之，作《甘棠》之诗。"后遂以"甘棠"称颂循吏的美政和遗爱。

真明宰，真正开明的君主。宰者，官也（《周礼·目录》）。《滕王阁序》中有"家君作宰，路出名区"。作者对审理他案为一般同案的县官的恭称。

下联以家乡多有生长的棠梨树入联，既是实写，也是双关，说家乡因为生长有很多甘棠树的缘故，这个官员受到"甘棠遗爱"的影响，公正办理案件，其德绩差不多赶上召公了。

这副联或多或少有些自嘲和讽喻的意味了。用公冶长的因懂鸟语而入狱，来自嘲自己仅因"针砭时弊"就被治罪，感叹世道是多么黑暗；称颂因为生长有众多的甘棠树而遗爱的县官，实则也是喻示社会前进的方向，因为有召公的德政教化，无论现实多么黑暗，总会守得蔽芾甘棠、德政一方的。

写于 2019 年 10 月 18 日

山水行吟

吃在女儿城

恩施三日游后的第二天晚上约十点多，我突然心血来潮，想要在朋友圈发几张我三日游中在恩施土家族女儿城的美食照片。由于各种原因，旅途中的我没有发一张照片、半个字到朋友圈透露我的行踪。而几天来，女儿城烧烤一条街的美食和浓郁的烟火气，一直在我心里翻滚发酵，直到这一刻我终于忍不住了，要找到一个出口予以倾泻。

三张女儿城烧烤一条街小吃特写的照片：一张是摆成花朵一样的一大盘臭干子，绿色的香菜叶片、鲜红的辣椒碎点缀其间，让人忍不住先眼馋再嘴馋；一张是珠圆玉润的恩施富硒小土豆，一个个大小均匀，光泽透亮；一张是一长溜的烧烤大排档，四五个店面打通连成一起，排排放的串串蔚为壮观。

不到半个小时，朋友圈留言、点赞的速度之快、之多让我感叹不止，已经成为我自有朋友圈以来点赞最多的一条。

普通的类似于我县中药港、李时珍医药一条街的民俗风情景点在前年的一次游程中我领略过，留下印象的是不多的人工景点痕迹。而这次，9月5日晚间到达后仅仅一个小时的游览中，我就被火爆的烧烤小吃一条街震撼了。

我和女友玲、燕三人穿行在人流如织的烧烤一条街上。一边是一眼望不到头的、一间一间隔断的而又彼此连接在一起的烧烤旺铺，各类食品色香俱全，极度诱人；一边是密密的方桌、方椅，以及大快朵颐、大声喧哗的食客！我们行走其间，只能跟着食客停驻在旺铺前，或者顺着人流缓慢前行，甚至都无法转身掉头行走。

不同于大巴上爱吃贪吃的大妈们，这一眼望不到头的方桌边，年轻男女食客明显居多，抱在怀里、坐在推车里的小孩子，也时有可见。长长的烤肉烤鱼烤鸡烤海鲜串，喷着浓浓的油香、孜然香，装在特大号的纸杯里，人手一杯，一杯若干串，佐以调制好的奶茶、冰镇饮料、冰镇水果，使得夜色下的女儿城活色生香，魅力四射。

我们仨也经不起这般绝美滋味的诱惑，在一个几人刚刚起身离去的方桌边坐下，几大杯烤串、两份水果、一份臭干子，就将旅途的疲劳消融在这喧闹而又活泼的女儿城中。

我望着两边的行人和食客，猜不出到底有多少人类似于我们这种外地来的游客，有多少人是当地的居民。小推车带孩子的，必定是当地居民了，正值周六的晚上，年轻的小夫妻定然不会放弃如此令人食欲偾张的场合了。大巴中那么多的大妈大叔呢？融入这熙攘的人群中，犹如尘沙散入沙滩，几乎看不见他们的存在了。

置身其中是如此，看到美食照片的朋友圈，会是怎样的一份热闹和感叹呢！

朋友圈中的我说："有想吃的吗？"

"深夜放毒，不怕馋死我？"三十才出头的微胖美女立马馋滴滴地说，"大半夜太想吃也不敢下口了，身上的肉肉太难掉了。"

"美女，别怕，你那是富态。"我安慰道。

还有几个闺蜜纷纷被馋住了。

"姐想吃，吃得到吗？"

"你这是哪儿呀，口福不浅呀！"

"这么多好吃的，可是远水救不了近渴呀。"

"我想吃，能速递么？"

"这个臭干子的看相太棒了，我要吃。"

"每样都来一份，再加一扎生啤，才过瘾啦！"

几个同学在我朋友圈相互对话，那份馋劲儿和热闹劲儿，犹如置身现场般兴奋难耐。

平时发朋友圈的数量也不算少，自认为抓人眼球的照片及美文也是够多，可是仅仅女儿城三张美食特写，以及简单的 5 个字"有想吃的吗？"就把一众师友的眼球吸附过来，足以证明古人说得太对了。

我刚一感叹完，立马一两个留言蹦了出来：

"食，性也。"

"民以食为天。"

可不是这样吗？尘间多美好，唯有美食与佳人不可辜负。

2020 年 9 月 11 日晚写于流眄斋

初冬，浅浅悟

昨天是周末，下午想着去美容院按摩一下肩颈，顺带做一个面护。刚立冬的天气，并不冷，但是也不好将就，做肩颈的时候，美容师巧儿给我用了一个发热灯照着背部，虽然裸露着背部，并没有觉着冷。当盖着薄被享受着巧儿灵巧的双手按摩我面部的时候，我竟然睡着了，睡得很熟。睡着了不觉着冷，起床一会儿就流清鼻涕，不停地打喷嚏，这时才知一床薄被已不胜初冬的浅寒，我感冒了。

前几天我还在沾沾自喜，这个换季总算没有感冒。每到换季，总是不停地感冒、感冒、感冒，总是被告知，免疫力下降，感冒会增强抵抗力。谁知，很多事情不能太洋洋得意。这不，一不小心就感冒了。

晚上，赶紧洗个热水澡，泡一杯三九感冒灵，热乎乎地喝了上床。止不住的清鼻涕，抽不完的纸巾，双眼也涨疼得厉害，浑身的不自在。临睡前，取一个艾贴贴在颈部。深秋以来，断断续续地贴了几回，它能持续整晚的发热，是否对颈椎有疗效不知道，但是刚刚好的热度，很有催眠的功效。

将要躺下时，逛了一圈朋友圈。好友燕子与她的好友在稻田里的美照吸引了我，深秋金黄色的背景里，燕子巧笑嫣然，美兮佳人兮。燕子说，这些美照都是专业摄影师照的，很普通的一块稻田，经过摄影师专业打理，就成了这样美得不像样的照片了。摄影师都是"骗子"呢。我说，这样的"骗子"女人都喜欢，对吧，谁都希望自己在镜头里美美的。与她热聊了十几分钟，很快入眠。

早上一觉起来，感冒竟然好了。鼻涕不流了，头也不昏了，眼也不涨了。行至阳台，太阳初升，几朵月季依约绽放，还有数个朵儿立在枝头。碧绿的吊兰叶片，鲜红的秋海棠花瓣，妖娆着我的阳台，这哪里像是冬天。小区里的桂花，花开二度，前几天就闻到幽幽的桂香，这不，又隐隐地闻到了沁人的清香。

这次感冒如此快速地被驱赶掉，让我明白了一个理儿。要对自己好点儿，要学会自己照顾自己，凡事不能拖。以往对自己的感冒，从来不在意，从没想过在一开始就迅速地止住它。每次总是任其泛滥，不吃药、不调理，总之就是不爱惜自己，待到实在不能将就的时候，再去药店，往往总是把自己弄得很疲很乏。

也许人生就这样，对自己不利的、该止住的，要迅速想办法止住，不能拖、不能等。

2020 年 11 月 9 日写于流眄斋

独山红叶

　　周末的下午，初冬的暖阳从阳台玻璃门照进书房，让人倍觉慵懒闲适。天不太冷，写了一会儿字，伸了一个懒腰，滑动手机屏，突然刷到了一个点击量逾三千的独山红叶抖音。清洁而又高远的蓝天下，独山公园铺满红色沥青的林荫小道蜿蜒前伸，两侧疏密有致的北美红枫，叶子都成了胭脂色，妖娆妩媚。三三两两的行人或徜徉在小道，或在林间嬉戏，一幅幅初冬绝美图呈现在我的眼前。上周末才去爬过独山，只几天过去，红叶就渲染成这般的模样了？

　　独山的红叶树学名叫北美红枫，是几年前县直机关开展义务植树活动，林业部门组织大家在 3 月 12 日植树节这天栽下的。那时的独山，尚未成立公园管理处，一片原始的小山林，养在深闺人未识。仅仅只有独山山顶高高矗立的李时珍雕像，让驱车经过独山一侧的行人远远地惊鸿一瞥。

　　栽植红枫的这几块地，原本是依山傍岗的农田，荒废多年，田垄里长满了芭茅杂草，有的地方还有积水。栽植时，工人们提前起了深沟，把积水沥走，让深冬的朔风吹干新翻起的泥土，树栽下去后，由于枝干高大，每棵红枫还打三五根撑保成活，这样才费尽心力让这一片荒坡有了生机。

　　冬去春来，红枫从初始栽下的光秃秃树干，历几个春秋的荣耀与生发，终于在这个初冬，或者说是深秋，把她最妖媚斑斓的色彩，涂抹在独山一隅。

　　与别处的红叶相比，独山红枫的色彩也许算不上最艳丽，全绿的、红绿相间的、全红的叶片缀在枝头，叶片甚至也很稀疏，所以远看它的颜色不是那么红润、饱满。

　　但是，万物自有其各自生动的一面。昔日那些田垄荒颓的样子早就不见了，红枫树在其上错落有致，横成线，竖成行，甚是规矩有序。林间无一杂草，每年累积落下的枯叶，碎碎地铺满了林间。阳光从枝叶间柔柔地洒进来，那光线正好满足了闺蜜团、小家庭团的嬉戏、欢游和拍照。这一块红枫林已然成为市民休憩、玩乐、赏景、拍照的好去处了。

尤为可人的是，这一块天蓝莹莹的，它衬着斜逸天际的红叶枝，让仰视的人儿有了欢喜雀跃的神态——右手拿着林间摘下的小野菊，小黄朵儿斜放在抖音拍照镜头的上方，缓缓移动手机，让缀满红叶的枝条，衬着蓝蓝的天空，像一幅画轴缓慢展开。再挑选上合适的音乐，一条美轮美奂的独山红叶小视频就可以成功上传了。

每一个不起眼的开始，它所经历的一切都不一样，它的结局必然也不一样。独山红叶，始于荒野，经历了许多的规范、约束、管理过程，如放线定点、肥土栽植、打撑固护、除草施肥、打药除虫、补栽修剪等等，每一个环节、每一个过程，每一棵红枫树都要接受规范化的管理，承接雨露风霜日月精华，方染就这"霜叶红于二月花"的美景。而林中少许的几棵枯干、倒伏的红枫，接受同样的管理，结果却迥然不同，这无一例外地与尘世中的芸芸众生结局相同。人生就是一场逆旅，结果如何，在于自己把握。

一阵风来，红叶飘然坠落林间。拾起几枚，只见颜色甚是丰硕、充盈，红得沉重，红得饱满。定是知晓要变冷了，无情的北风来了，于是用厚重的色彩来温暖自己。陡地想好了一联：

冷暖自知容变色；
生涯最痛竟无情。

想必这就是独山红叶的独特之处了。

2020 年 11 月 17 日写于流眄斋

独山桃花

周末的上午，我带着母亲去爬独山。

驱车至会展中心后广场，只见独山公园乾竹门入口处的空地上，停满了各类车辆。

"上山的人可真多啊，车都停满了。"

母亲说这话的时候，我已泊好了车，回道："是的呢，周末，又逢晴天，大家都出来踏春呀。"

顺着乾竹门的台阶，我在前边，母亲在后边吃力地慢慢攀爬。上下的人流脚步声、喧哗声，不绝于耳。

上得一长溜的台阶，穿过乾竹门，两边茂密的马尾松林，如精神抖擞的士兵一样分列两旁。愈行愈深处，新修建的缓坡台阶，曲折延伸，至最高处，一座小亭赫然在眼前。

见母亲有些气喘，我便指着亭子说："我们走到亭子里，你歇一歇吧。"

拾步踏上最后一个台阶，我的眼前蓦地跳出一抹红云，再往上走，跨过最后一个台阶，站在公园火烧板铺就的人行道上，一大片泅红的云锦陡地铺在眼前，我被深深震撼了，这大块大块的粉红，怎一个美字了得！

"母亲，快看，独山桃花，好美的桃花！"

"是的呢，开得真灿烂！"

我是几步并着一步，小跑似的，趋向这些粉红色的精灵，母亲也顾不上喘气了，加快了步子，紧跟着我。

"母亲，你走慢点，不要紧，我去拍桃花啦！"

究竟是春风有意，还是桃花多情，这一树树、一枝枝、一朵朵、一瓣瓣，无不透着动人的光泽，挑动着每个人最敏感的神经。

桃花，自古以来就常被用来形容美貌女子的容颜，最有名的当属《诗经·周南·桃夭》里说待嫁女子的容貌"桃之夭夭，灼灼其华"，以及崔护的"人面桃花相映红"。四海楹联研究院院长宋少强先生有联题"桃花江"，更是宣称"六十里缤纷夹岸，无花不是美人魂"。身为女子，若拥有一张"粉红桃腮"，无论是否身处刷脸刷颜值的年代，都是十分开心和十分幸运的事吧。

杜甫说"红入桃花嫩，青归柳叶新"，我盯着这些粉嫩的花儿，感觉每一个都是那么的粉红，那么的娇嫩，拿着手机左瞧瞧，右瞧瞧，选准最好的角度、最好的光线拍个不停，母亲走过来，笑着对我说："你不要把手机都拍满了！"

我拉过母亲："你站在这儿，我给你拍一张吧。"着暗红色呢料外套的母亲，依着满株桃花，气色显得特别好，开心地任女儿我摆弄。"你呀，每次出来都照，照这么多干什么呢？"

"你看，拍照的人可多呢，那么多人都照的！可不要说呢，母亲你在桃花边一站，你也不比桃花差多少！"

突然，我抬头发现林中有一株深色的，几乎是玫红色的桃花。

"桃花一簇开无主，可爱深红爱浅红？"杜甫当年在江畔独步寻花，想必也是遇到了眼前的美景？一丛丛桃花盛开，任人欣赏，你是爱深红色，还是爱浅红色的呢？反正，我是都爱的，目不暇接，深爱在当下。

靠近山那边的几株桃花，约是处于遮阴处的缘故，花开半露，花蕾半绽，亦是动人。"桃花嫣然出篱笑，似开未开最有情"，宋人汪藻在《春日》里的感叹，穿越千年风雨骀荡而来，让我不禁轻叹文字的力量。对着这一株株满树的桃花，我感觉每朵花都朝着我笑，每朵花都蕴藏着经历岁月风霜的深情，对着它们，望着母亲，我感到岁月静好、物华正美的时光在身旁轻轻地流动。

我正寻寻觅觅间，突然，远远地听到一大群人惊呼的声音涌过来，紧接着一大波"噔噔噔"的跑步声袭过来。一大群孩子在前，一大拨家长在后，如奔马一样跑向桃林。

"这些孩子们，个个都跟花一样的好看，性子却像野马一样。"母亲笑着说。

　　"我们大人们都喜爱得不行，这些小屁孩见了，不爱才怪呢。"我说，"更何况这多么像《射雕英雄传》里桃花岛的桃花，孩子们更爱闹的呢。"

　　"桃花春色暖先开，明媚谁人不看来。"桃花在渐暖的春色里先于百花绽放，谁能忍住不去看那明媚美丽的颜色呢？孩子们在花间嬉笑，家长们则拉住孩子们拍照，留下美好的瞬间。

　　我也跟着他们嬉乐不停，母亲在一旁静静地笑着，看着我及这些孩子们。

　　花在笑，人在笑，独山也在笑。

2019 年 3 月 24 日写于流眄斋

独山晚游

傍晚五点四十分左右，我着一平底软鞋，驱车直奔独山森林公园。

天还大亮，甚至还有些许的太阳。泊好车，抬头即见从乾竹门拾级而下的几名游人，帽子还在头上。他们薄薄的外套都脱了，随意地缠在腰间，穿在身上的 T 恤，透着初夏的气息。

而此时正值仲春。我穿着网纱长裙，外披一件黑色的长披风，却不敢轻易解开披风的扣子，我是想要来出一身透汗的。

四月一日以来，我不断地陷入打喷嚏、流鼻涕，像是感冒又像是过敏性鼻炎的症状，颈和眼角红痒，弄不清楚到底是换了护肤品过敏，还是吃了春笋过敏，还是花粉过敏，还是几杯白酒过敏，总之，一身的不舒坦，似要辜负四围热烈的花事和娇嫩的绿色。

我低头踏着台阶奋力向上爬。软底鞋让我的脚步很轻盈。有时两步并着一步，有时几乎是小跑。两边的红叶石楠盛开着粉白色的花，细细密密的，热闹极了。一老者拿着手机对着它们拍照，自言自语："这花虽然茂密，但是它的红叶子还是要比花好看一些。"谁说不是呢，红叶石楠就是这么奇怪，它的嫩叶在初春时苏醒，浓烈的红焰在蠢蠢欲动，只待春风一起，一大朵一大朵的红锦绵延起伏，甚是壮观，让人不得不惊叹大自然的神奇造化。

我很快就出汗了。披风不敢贸然解开，我想让汗蒸出袭击我身体的毒素。右前边曾在三月中下旬芳华烂漫的碧桃树，已然悄无声息地褪尽了繁花，一株株顶着茂密的紫红色的叶子，摇曳着深春温暖的气息。原来这种桃树的叶子是紫红色。我陡地记起去年这个时候，陪同第一次上独山游玩的同学，我错误地把此红叶树认成是"红叶李"的窘事，张冠李戴，幸好旁边有人及时解围，也无伤大雅。今日一个人独自经过，蓦地想起此事，原来我习惯了只看东西的表面，而不深究它的本质，比如这一大片桃树，开花的时候我来过，发叶的时候我理所当然地认为是桃树。如果在别的地方栽有同样品种的桃树，我不见得会认识它。看来，做任何事情都要追究其本质，不能只看其表面现象，是很有道理的。

我身上的汗已闷得我浑身发热，额头上也出汗了，鼻子似乎通了许多。两边的人，上的、下的多了起来。多半都两三人成行，有的还牵着宠物狗。唯我一人，寂静地踏着步子往上爬。迎面而来的三人，中间是一位年长一些行走困难的胖妇人，被旁边两个年轻的女子搀扶着，慢慢地下着台阶，边走边聊。她们该是一家人吧，许是在家待久了，来公园呼吸新鲜空气，舒展筋骨。有人说，春风十里不如陪伴在身边的你，有亲人陪伴，当然是最长情的告白。可是，很多时候，就像两边的行人一样，走着走着，一挥手就分开了，再走着走着，一转眼就不见了。唯有在身旁，紧紧地攥住，才是最真实的幸福。

很快就到了山顶。抬眼望，高大的汉白玉李时珍雕像耸立在独山之巅，医圣静静地注视着家乡的人们。雕像左边，一轮明月已然升起，暗蓝色的天空散发着淡淡的清辉。而右边，夕阳余晖仍红灿灿地恋着红尘不舍离去。这世界多么美好，每一个物种都拼其最大的力量，在离开之前作最炫丽的一搏，在到来之时作最完美的展示。

山顶上有风，晚风拂动着我的长发，掀动着我的裙袂，汗水一下子凉了起来。我在山顶转了一圈，看到有些人就着晚霞为背景拍照，有些人对着月亮举起了手机。我请一个路人帮我拍了一张以月亮为背景的背影，发现竟有些消瘦，心里涌起一股莫名的难受。

下了几步台阶，一缕风过，我接连打了几个喷嚏，鼻子又有些堵了起来。天色渐渐暗了下来，身边仍有或上或下的行人。我低头仔细看着台阶，生怕一脚踩空，扭伤了脚。

回到小区停车时，抬头见父母的家中亮着灯，我一摁关车笛，立马就见母亲打开阳台门，大声喊我："女儿，才回来！快回家吃晚饭吧。"

我拾级而上，万家灯火在我的眼前闪亮，而独山已早就隐在浓浓的夜色里。

2019 年 4 月 16 日晚写于流晒斋

独山银杏

　　白露一过，独山的银杏树枝叶再也掩藏不住它饱满的果实了。密密匝匝的绿色小球果，朝饮晨露，夜吮月华，一个个滚圆滚圆地缀满了尚还纤瘦的枝条。从春到夏到秋，银杏果领先金黄色的叶片一步，成功地吸引住了众多游人的视线。

　　"看，这一树的银杏果子，多得枝条都快撑不住了。"

　　"咦，这棵树结了这么多的果子，这棵树怎么一个果子都没结呢？还有这几棵也是呢，难道还有公母树之分么？哈哈哈！"

　　"它是叫白果吧，能不能摘几个下来，回去做菜吃煨汤喝呀？"

　　"这树好奇怪耶，没见它开过花，却结这么多的果子。"

　　而独山原先是没有银杏树的。

　　独山的银杏树始栽于 2016 年冬，正值公园建设刚刚开始起步。当公园内一条主干道毛坯成型，粗糙的砂质路面，从乾竹门盘旋而上，直达峰顶李时珍雕像前平台的时候，性急的市民即开始了每日的爬山、休憩和朝拜活动。

　　有人必有路，有路必栽树。什么样的树才配得上医圣、配得上独山呢？

　　独山成块的林木基本上属于天然林和次生天然林。封育成长的绝大多数是适生的乡土树种，如马尾松、枫香、杉木、樟树和栎类。天然混交的林木，还有林下杂灌，各物种生存遵循自然淘汰的规律，适者生存勇者胜，使得独山林相饱满，植被丰厚，色泽郁郁。俯瞰之，宛如一块美丽的黛玉镶嵌在县城漕河一隅。

　　银杏又称公孙树，有上千年的寿命。其叶、其果、其干都是宝。既有观赏性，又有实用性。特别是深秋，当轻柔的风自澄澈的蓝天吹过来，一路两旁的银杏叶已悄然变成了金黄色。那种色系，在当下特别能唤起诸如金色稻浪般的幻想和憧憬。果子又叫白果，更是健康入药的佳品。李时珍在《本草纲目·果部》里有详细的记载："（银杏）熟食，温肺益气，定喘嗽，缩小便，止白浊。生食，降痰，消毒杀虫。"蕲春乡下许多村头地角，保存有树龄上百年甚至两三百年的银杏树，刘河镇蔡寿村一个塆下，有两棵一公一母的银杏树并排立在村头，历风雨春秋两百多载，每到秋天的时候一株挂满白果，另一株默默地守候在它的身边，满身的金黄诉说着不尽的乡思和乡愁。

银杏树众望所归，成了独山公园主干道的行道树。刚栽下的头两年，不甚起眼，也不被人待见。休闲的人们有的还发出质疑声，公园里怎么要栽下这些既不开花又没有大面积绿荫的树呢？冬日栽下的大树苗，光秃秃的枝干，寂静地迎承着寒风冷雨，看着让人生出怜惜的感觉。但是人们怎么会知道，它正一个劲儿地扎根，一个劲儿地吸取营养，只待厚积薄发，迎接春华秋实那一刻的到来呢。

终于等到了这一天。不知是何时，上山的人们突然惊喜地发现，原来这栽的树，是有着鸭脚掌形状的叶子、果实生熟皆可入药的长寿树、白果树（当地方言叫银杏树为白果树）。呀，这下好了，在家里也能欣赏银杏黄叶了。

去独山无数回，春夏秋冬，季季景不同，银杏已与四围植物深深地融为一体了。银杏更多的时候像是一位智者，寂寂地开花，寂寂地结果。花开的时候都不会让人察觉到。它的花既没有艳丽缤纷的色彩，更没有娇柔妩媚的姿态，甚至都谈不上真正地开过花。当然这与它本身的生物学特性有关。可是有时候的不张扬，不就是不断积累、守护能量，以达到自己所期望实现的目标吗？比如银杏树是长寿树，谁说它不正是这样的属性，才能积聚足够的能量支撑足够长的春秋呢？

春去秋来，独山银杏结果了。由于雌雄异株的天然属性，更由于独山所栽的银杏树都是嫁接株，所以今秋，栽下至今不过六年的树木就挂果了。要知道，一般没有嫁接的银杏树，正常挂果起码要二十年以上的。

去独山休憩的人儿，这下子该知道独山银杏的妙处了吧。

2021 年 9 月 12 日写于三家店

高铁从外婆家门过

摇啊摇，摇到外婆桥，

外婆叫我好宝宝。

糖一包，果一包，

外婆买条鱼来烧。

……

外婆家在与浠水县交界的，位于蕲春县横车镇长石村的，一个叫王上塆的大塆。小时候，每年的正月初一，我姐弟仨从彭思镇老家出发，被父母领着到外婆家拜年。途中要穿越七八个小村庄，翻爬三个大山头。山间小径，两旁满是茂密的枞树林。

外公总是被外婆遣着到第一个山头候着我们。外婆则围在灶台边，颠着她那双包扎过的梭形小脚，煎、炸、炖、煮，忙个不停。灶台的暖坛里，煨着一壶醇香的谷酒，那是为大人们准备的。遇上雪后初霁，我们姐弟仨，喜欢攀爬下枞树，寻找与雪一样洁白的枞树糖，乐滋滋地抢着吃。这一寻找，连带爬山累了歇歇脚，总要让外婆在王上塆等很久很久。

岁月如梭，如今外婆离开人世已二十几个年头了，王上塆那个大塆，以及连绵的三个山岭，还有那些密密的枞树，甚至林下厚实的枞毛丝，多年来只在梦里出现过。

谁曾想，王上塆再度真实而又直接出现在我的面前，竟是因为黄黄高铁呢。

黄黄高铁蕲春段出口是以王上塆命名的隧道。穿过全长 1420 米的隧道，往南就是浠水县了。

高铁是出现在我国不到二十年的新兴交通工具，外婆在世时连听怕都没听说过。如今要通高铁了，并且是从自家门口的山中穿越而过，若外婆有灵，不知会有多高兴呢。

其实最高兴的要算母亲了。

记得2018年底，黄黄高铁刚刚动工兴建，母亲就与父亲嘀咕着：看电视上说高铁比普通火车要快好多，还要平稳些，不知高铁啥时候建成，建成后不知是否可以直达深圳；如果可以直达深圳，大儿子一家回来就方便了；我们两个老的，也可以不用怕晕车，坐着高铁去深圳看儿子了。

当我告诉母亲，高铁路过外婆家王上塆，并且在她年轻时经常去捡枞毛丝的那个山，打个隧道通到浠水的时候，母亲连说三遍"果的呀"（音，方言），表达大吃一惊后的喜悦和赞叹。

自我们姐弟仨出生后，一个七口人大家庭的柴火重担，就落在了母亲柔弱的肩上。多半的柴火都是她农闲时到王上塆山上捡枞毛丝，枞毛丝好烧、经烧，况且还能捡到不多的杂柴。

如今这个山被隧道打穿，通高铁了，这叫她无论如何也想不到。当年为捡枞毛丝，要五更起早，走两个多小时村路加山路才能到达，再花两个多小时捡上一担，然后再花两个多小时走回家。母亲的一双大脚，不知丈量过多少回老家到王上塆的距离。母亲再怎么遥想将来儿女们的幸福生活，也想不到高铁似古代缩地术一般，把她在外闯荡的、心心念念的大儿子，瞬间拉近了距离，拉过王上塆，拉到了身边。

真是太神奇了，我们国家真了不起，科技这么发达。

母亲念叨着这些的时候，我微信告诉了远在鹏城的大弟。与同在县城的小弟一商量，姐弟仨决意，明年春暖花开高铁开通的时候，送父母坐高铁去深圳。

而我们姐弟仨，则相约于春节期间去王上塆隧道，带上一樽谷酒，寻找结树糖的枞树以及松软的枞毛丝。站在厚厚的枞毛丝上，俯瞰王上塆隧道，唱起摇啊摇，摇到外婆桥……

2021年10月26日写于流眄斋

行走独山

周末的下午，独山森林公园休憩步道上，来来往往的，很多人在行走。熙熙者，有三五一群而行，亦有两三人并肩而走；寂寂者，类似我这样独自一人的，或许有，不甚多见。

斜阳从树梢上方筛落在浅褐色的步道上。清冷的带着冬日薄寒的光，折射出独山的特有色泽。远山近岭大块大块黛绿色的针叶类松树，有乡土树种枞树，还有洋树种湿地松，皆属松科。国人对植物寄予很多的寓意，凡是与松有关的树，惯被赋予"松柏长青"的高洁品质。独山的松，与大别山脉每一支山峦的松树一样，支撑着"经冬复历春"的青黛绿意，不曾见到有歇息过、停止过。

除了大块的绿，星星点点杂缀在林间的，还有红、橙、黄、褐、白等各种颜色。大自然是最慷慨而又最和谐的调色师，它会冷不丁地在某一隅涂上几块明丽的黄，亦会郑重其事地在疏影横斜的褐枝上染上鸡爪形的彤红，有时还让你敞开的衣襟角不经意地沾惹上一抹抹橙。高高在上有皇煌之色的，是银杏，在古诗里它叫"平仲"，"红雨乱春丛，清阴掩平仲"，那是春天的景色，冬日的平仲亦有"风韵雍容未甚都，尊前甘橘可为奴"的气韵。这个季节，当然更少不了油茶的玉白色花儿。它又叫圣子花，花开五瓣，花蕊含香，而其实这一季的果实才采摘没多久。结果的同时还开着花儿，很有意思的一种树。

独山如此饱满丰盈的色泽，我不知道行走的人群中，是否有像我一样的留意和注目。看他们，带着孩子的，绝大多数手上一袋子零食，甘蔗偏多，还有带风筝的，与孩子一前一后，笑语不断，把行走独山当成一种另样的陪伴；没带孩子的，都步履不停，或敞开衣襟，谈笑风生；或携手同行，无声胜有声。

独山山顶，矗立着白色的李时珍雕像，冬阳下，医圣泛着高峻的清光。登上山顶，需要经过几段陡长的斜坡和几段平缓的路段。

我混杂在行走的人群中，一步一步地向山顶走去。上山的、下山的人群纷纷从我身侧擦过，嬉笑玩闹，似乎无所事事、漫无目标，但似乎又是快乐的。上山来是做什么，是为了朝拜医圣吗？是为了趁假日到山顶平台，陪孩子放风筝玩吗？抑或是为了登高览胜，以驱除工作的疲惫和生活的琐碎？

我却在注目四野的冬色，想象着林木因为即将到来的春天而不懈的坚持，哪怕雨雪风霜的一再欺凌；想象着每一片树叶从萌芽到舒展到随风飘落，虽然过程不一样，但是结局都一样，随风回归大地；想象着独山天空上的每一朵云都不曾相同过，但是永远保持孤高的品质，也不曾因天空的变化而放弃过自如的舒卷。

我在想着这些的时候，蓦地感觉到周围的笑谈嘈杂声，听起来是多么的遥远，此时此刻，独山仿佛只有我一个人似的。陡地好像也明白了陶公“结庐在人境，而无车马喧。问君何能尔？心远地自偏”之超脱世俗利害，淡然而足的境界。也明白了先前的所思所想是多么的没由来。他们登山行走没有那么多的“为什么”，他们更没有想在登山行走中得到什么，能够得到的，也只是身外之物——独山的冬色而已。

这大约就是在独山行走的妙处吧。不过，谁说它不像是人生的旅程呢？

2021 年 12 月 13 日写于流眄斋

花之约

　　女人爱看花是天性，无论什么时候，花之于女人，都有无法抗拒的诱惑力。这不，周六的一场与花之约，大巴车上满满 50 人，只有区区的 3 名男士，据说都是经不住各自老婆的一再相邀，才勉强同行伴游的。而与我同行的三位，也都是女性。周五的下午，某人在四人群里说，这天高气爽的，劳累一周了，周末出不出去荡呀？没想到这一呼，迅速就有人发来了看花的链接，然后，一场赏花拍照开心之旅就轻松而成了。

　　赶赴这场花之盛宴，其实时令并不是最佳的时节。春天，百花仙子下凡的时候，千花盛开，颜色夺目，花香袭人，花姿美丽，那个时节赏花才是最最适宜的时候。可是，位于武汉市蔡甸区的花博汇，这个红遍网络的网红小镇，据说是无论春夏秋冬，皆有美丽多姿的花儿赏心悦目。相熟的旅游公司美女负责人玲玲说："这个地方你一定要去看看，去了以后一定要记得多拍美照。"玲玲接着说："不过呢，不用我说你也一定会多拍好多美照的！"

　　谁说不是呢。车上那个胖乎乎的男青年导游说："今天观花的花客可能达到 2 万之多了，咱们车上的，一定要记得我通知你们的每一个时间，不要走丢了，不要贪图花香耽误咱们的集合时间。"

　　远远地还未进入园内，即见两边的人行道上，深秋的树木整齐有致，红的、黄的、绿的各色树似列队的兵阵，叫人看了神清气爽；布置成各种图案的草本花图案色彩斑斓，犹似一台大戏行将开演，主角出场前，一众护卫先在锣鼓声中热烈上场，把观众的情绪迅速调整，主角再在观众的渴盼之中隆重登场。刹那间，坐车的疲劳感立马消失，觉得马上就要进入花之大殿了。

　　让人目眩的各色花儿，在人海之中盛装出场了。大红的一串红，玫红的鸡冠花，黄色的菊花，橙、黄、红、白四色合欢花，还有各种叫不出名字的花儿，排成一个个方阵，整齐而又艳丽地迎接着四路八方的赏花客们。欣喜、惊讶、欢呼、赞叹，这些发自肺腑的赞美之词，都抵不上一次次低头的亲密注视，因为要用心注视每一朵花儿为什么都那么娇艳；抵不上一回回深深地嗅吸，因为要用心的赞叹百合花儿为什么好看的同时还这么的清香逼人。不拍照，怎么对得住这些美丽的花儿；不拍照，怎么能彻底放松疲累已久的身心；不拍照，怎么能留住自己一日一日在逝去的韶华呢。

姐妹们在每一个花阵前逗留多时，舍不得离开，而到了下一个方阵时，又迈不开脚步，小女人就这般任性而动人。低头下去，偎上一朵花儿，快拍快给我拍，看是花儿美还是我美。缓步行在花径中，后面的姐妹拍背影，大声说着"不要回头"，啧啧啧，看这背影婀娜多姿，花儿们都仰头在望呢！快快快，再来一个回眸一笑，这顾盼生姿的妖娆劲儿，这天生的狐媚子，可是学不来的哦。绿茵茵的草地上，累了随意地席地而坐，不远边即是各色的花儿作镶边，哇，这坐下也是这般的妩媚，拍了拍了，看，你们看啦，这帽檐下的红唇实在是太惊艳了！真美死了！

看，周边一大群人，围成里外两圈在跳舞，是要拍抖音发朋友圈吧。这边，统一着装的美少女们，穿行在粉黛边上，大约也是要拍抖音视频吧。看，迎面而来的旗袍大妈，这红艳艳的，太喜庆了吧。还有，那边一大群披着各色丝巾的大妈，唉唉唉，着实让花儿们羞红了脸，她们的颜色咋比我还鲜还艳呢？

一天的赏花拍照，时间倏忽地就过去了。回来的路上，想起了这样的一副联，觉得甚是不错，暗自地又乐了一回。

> 一日营营趋一日；
> 千花卓卓冠千花。

上联是写，这一日如同每一个平常的一天，浑浑噩噩很快地就过去了，下联说这园内千朵花儿卓然开放，夺目悦心，而我们呢，谁说不是更胜花儿的美丽女子呢？

且过好当下每一天，做一个更胜花儿的美丽女子吧。

2019年11月3日写于流眄斋

灵山沃畴胡敬冲

初冬。暖阳。

吹面不寒的微风，越过石王寨、女儿寨次第铺开的秋意，浅浅地、不动声色地，拂去襟边的轻尘。

山列屏藩，聚紫气蕴涵千载，问不朽者谁，石王寨清嘉，女儿峰俊秀。

低吟出这些句子的时候，我已随作协采风的团队，来到胡敬冲了。

胡敬冲，这个因"冲"而命名的蕲春北部山区乡村，境内群山逶迤蜿蜒，将大片肥田沃畴、红砖人家环抱其中，形成两个狭长的山冲，千余年来生生不息，境内生民，晨起而作，日落而息，安居乐业，不是桃源胜似桃源。

胡敬冲的山，是有灵性的。

它的山名，浸润了历史的痕迹，透着淡淡的纵深感和幽幽的古朴印记。石王寨、女儿寨、黄眉尖、祖师迹等，读之如触碰经年的古册，欲有翻阅芸编一睹真容的冲动。山山皆有故事，岭岭俱藏传说。石王父女俩为守护家园，拼命抗侵而先后捐躯幻化为胡敬冲屏障的石王寨、女儿寨；三角山慈应祖师驾祥云遴选风水宝地，看中胡敬冲这块人间福地，而在石王寨一块巨石上留下足迹，人称"祖师迹"……这些饱含对故里的热爱之辞，很难说得清是真是假，但是，石王、石王的女儿、祖师，哪一个不是恩泽梓里的神奇人物，哪一个不是乡亲们如数家珍的传说？

而真正走进其中，远远一望，便有洗眼涤尘之意境，藏龙卧虎之感慨。

虽是初冬，但是远山近陌，深秋的丰硕、饱满感，仍是触眼即见。几家农户正在太阳底下切晒豆干，她们不知是母女还是婆媳，个个面带惬意和微笑，显得那样的祥和与温暖；脚边是刚刚收割过稻子的农田，一群群鸭子在田里嬉戏叫唤，白色的鸭羽与稻田的浅水相融一体，闪着银色的亮光；黛绿色笔直挺立的，是新农村建设的绿化先锋树湿地松，它们如列队的士兵，护佑着冲里一望无际的田畴和绕田而流的胡敬冲河。河水清澈如溪，油油的水草漂浮其间，让人顿生有"康河柔波"之感。远处的山峦，色泽丰富多彩，从田缘边往山岭纵深推进，火红叶子的乌桕、绛红叶子的枫香，点缀在原生态林木中，让整个山峦色泽如蜡染般浑厚蕴涵。

陪同采风的村支书叶玉芳，这个只看一眼就会深深印在脑海里的女书记，站在冲里一条连接两边村庄的路中间，指点着她的身前身后，自豪地告诉我们，这一大片稻田，今年种的是优质稻，前几年一直种的是莲花，一般种了莲花几年需要更换种植稻谷，改良土壤，才能提高莲子产量。莲花盛开的时候，荷叶田田，莲花摇曳，走在这中间，清香满怀，吸引了很多的游客前来观光，最重要的是收采莲子也有可观的收入。

对着精明强干的女支书，我当然相信，"薄薄的青雾浮起在荷塘里。叶子和花仿佛在牛乳中洗过一样；又像笼着轻纱的梦"出现在胡敬冲，也更相信"接天莲叶无穷碧，映日荷花别样红"出现在胡敬冲。因为胡敬冲的莲花，同狮子镇另外几个村的莲花一起组团，已在县内众多的自媒体上多次出镜，说它是粉红色的"网红"，一点都不过。

我们穿行在稻田之间的水泥路上，向一侧的低山爬去。有开着白色花儿的油茶树，零星地散落在农家路旁。我们是要去油茶基地吗，在"绿满蕲春"这个全县性的大工程里，全县山区乡镇都大面积种植油茶，茶油产量近几年一直在增长，胡敬冲也栽植了吗？

果不其然，叶书记一马当先，把我们带到了九组一个高高的山岭上，去冬新栽的油茶树苗，在新开辟的梯地里，已迫不及待地打出了粉白的朵儿，与周围茂密的林木交相融合。叶支书居高而立，指顾四方扬声说，这油茶基地，是我村四大产业基地之一，包括先前看到的莲子基地，还有左前方那边养牛基地，以及遍布全村的蕲艾基地，村里都争取了脱贫资金给予帮扶。

近几年来，村委会依山靠山，依田富田，想方设法谋取项目，村级面貌得到了较大的改观。更加难能可贵的是，这位曾当过二十四年民办教师的叶支书，在村级项目建设遇到瓶颈障碍的时候，她的满园桃李都纷纷给她以资金、人力等帮助，叶支书笑称，他们现在差不多个个都是好汉啦，他们在某种程度上是我的靠山呢。

返回的路上，我想起了乾隆时期该村举人创办的中林书屋，到现在叶支书的桃李满园，都是胡敬冲这方灵山沃畴的无私孕育。我想了以下这一句，与初入胡敬冲的所想所感联在一起，作为此次采风之悟。

山列屏藩，聚紫气蕴洇千载，问不朽者谁，石王寨清嘉，女儿峰俊秀；

人传今古，有中林教化一乡，至方兴之世，担当看红粉，经济绘蓝图。

写于 2021 年 11 月 16 日

绿色金沟

七月流火。

时序一踏过大暑的门槛儿，万物因蒸腾、繁荣而具多种色彩。"土润溽以歊炁，时涊涩以溷浊"，热气蒸腾，滚烫而污浊的热风将一切都郁闷成红色。"映扶桑之高炽，燎九日之重光"，被骄阳晒透，白云亮到耀目的那种感觉，这是白色的体验。

而在大暑后的七月到金沟，感受到的会是一种什么样的颜色呢？

若从林业勘测技术人员手里的专业调查电子平板上看，金沟就是舒展在蕲北山区大同镇的一块黛绿色色斑，一条白色的溪流如纤细的银丝在色斑中蜿蜒。她像是一块绿色璞玉，其色泽经得起反复把玩，经得起三百六十度无死角地放大、再放大。

而当我裹着一身热浪，从七十里外的县城再次来到金沟时，扑面而来的是饱满而又温润的绿色。这绿色，不同于仲春由浅及深及黛的多层次，如波浪般从山底往山顶蔓延；亦不同于深秋红绿黄青的多姿多彩。此时的绿色，如同巨大的翠玉屏风，浑然立在一尘不染的一沟两侧，她让我禁不住贪婪地拥抱、呼吸油然而生的清风。

不多的田畴耕地，顺着青山，贴着溪流，傍着民房，种植着稻禾、蔬菜、高粱和豆类。骄阳下，尚未抽穗的稻禾泛着嫩绿的光泽，水汪汪的娇颜令人不敢久视。辣椒、豇豆、茄子、西红柿布满垄耕，仿佛随手一摘就会装满竹篮。南瓜藤爬上竹篱，硕大的绿叶如田田的青荷，在微风中荡漾。打着黄色花朵儿的丝瓜藤勾着柴禾，肆意地攀爬，无限地延伸。高粱已抽出了浅褐色的穗条，亭亭地立在路缘的菜圃里，让我想起了冬天围着火炉煎烤红色高粱粑的美味。田埂边，一溜溜五颜六色的花朵儿，招蜂引蝶，惹来溪边数枝芦苇频频地回首注望。

何羡陶令躬耕种，但叫桃源金沟觅。如此清嘉深幽之境，怎么会只有田园之绿呢？

《诗经》中的猗猗绿竹，它从远古而来，在金沟里遍布而生。依山而建的民房，顺着山势，屋前屋后皆生长着茂密的竹林。阳光从青翠的竹叶间洒下斑驳的光影。蝉鸣声，或远或近，忽高忽低，躁动着尘外红色的热气。竹林下，细密的、低矮的杂灌，绿色枝条相互缠绕；黄色的、紫色的、粉色的野花儿，在枝间次第点缀。最喜林缘处，不甘寂寞的几株大芭蕉，抖擞着一身的绿意，勾画出"竹风蕉雨"的意境。

忽然，林缘边的小径里翩翩行来一男一女，一身休闲装扮，双肩背包轻盈在肩。我笑问："从哪里来，往何处去？"他们挥手一指，径直走向林中不远处的民宿。

那一栋民宿，被浓重的树影遮成幽静一隅。浓郁的林樾下，清泉汩汩成瀑，古藤弯弯成景。幽深之中，瞬间隔绝尘嚣。多少红尘男女，慕名前来，抖落一襟尘土，把一日时光交付给槛外白云，林间飞瀑。

那雪浪般的飞瀑自哪里来呢？是从天上那透亮般的白云里倾泻而来么？若不然，那清澈的水流怎会是如此的冰清玉洁。伸手欲去捧，她即欢快地蹦着跳开；走近欲相亲，溅起的水丝如冰般沁凉肌肤。

那苍苍若古的褐色藤蔓，那个在四五月份会漫天开着紫色禾雀花的藤蔓，它缠绕着的是一种什么样的情愫呢？是后生田禾与村姑云雀的生死相随么？是绿色对故土执着如磐的守护么？

抚摸着粗朴的藤蔓，望着肤色与藤蔓之色如此接近的村支书田海清，我想到了绿色金沟的来之不易。

金沟林地资源丰富，茂密的森林多半属天然林，林分组成丰富多样。"绿水青山即是金山银山"，而守着金山的金沟，却一直养在深闺人未识。本有一份城里小康产业的田海清，被金沟这块绿色璞玉深深吸引，几年前毅然返乡，带领乡亲，作长远规划，联手湖北工业大学、武汉音乐学院等著名院校，打造十里绿色康养长廊，开发万紫（禾雀花）千红（杜鹃红）生态旅游。金沟从一个僻静的小山沟，逐渐进入公众视野，抖音里、朋友圈里，经常可以刷到金沟探秘寻幽的场景。

七月金沟，已然张开绿色的襟抱。来金沟吧，任清风徐来，溪泉做伴，且把滚滚红尘作短暂隔绝，不亦快哉。

2021 年 7 月 26 日写于三家店

那路那花那人

对蕲春县檀林镇乌沙畈村的认知，最初是来自檀林镇雾云山村。同一个镇，村名同样是三个字，乌与雾又谐音。当得知县作协组织去乌沙畈村采风时，我竟稀里糊涂地以为是到雾云山村。难道是要去学习这个昔日穷困山村如何蜕变为 4A 级景区的成功经验么？

尽管乌沙畈不是雾云山，但是从县城出发到乌沙畈 98 公里、到雾云山 97 公里，有 70 多公里路程是相叠的。2018 年建成通车的英檀线腹地公路，从檀林镇往英山县方向蜿蜒，我们一行乘坐的电瓶中巴车行驶其中，两侧青黛的山峦连绵起伏，红的映山红、黄的油菜花、紫的玉兰花，与路侧经冬干枯的芭茅，调和成色彩反差极大的山峦仲春图，令人过目难忘。

腹地公路到达青草坪时，往右侧前方向下开了一个口子，一条仅容一个车位稍宽些的水泥路面，就从这里起延伸至乌沙畈。

如果说柏油路面的腹地公路是新时代新农村建设的康庄大道、样板大道，那么这条始建于 1992 年，乌沙畈村唯一一条与外界相连的水泥道路，则是绵亘于丛山峻岭间的一条原生态的道路。20 多公里的曲折山路，一侧紧挨着山体，偶尔亦有稀疏的村落，农田贴着道路。村落有许多想象不到的豪宅，外观别墅设计，外墙装饰华丽，它们隐于密密的树林中、竹丛中，不经意中露出的一角，让人生出误入休闲农庄之感。一侧是龙井河、乌沙寺河清澈的水流和奇形怪状的大小石块。

想象中，从天空俯瞰，如果乌沙畈是一个山中平畈，在不知多少年前形成于这鄂皖交界的山山岭岭之间，那么这条乌沙寺河则是从畈前飘出的一条蕾丝花边，装饰着这条通向腹地公路的道路，让这条道路及道路沿线的一切充满动感和生机。

"人间四月芳菲尽，山寺桃花始盛开"，虽然时序尚未进入四月，但是山下的桃花早就褪尽芳菲，性急地抽出绿叶描绘春天。而乌沙寺河两侧的山岚、挂崖处，时不时地可以瞧见一两株野桃花，探出粉嫩可爱的小脸，迎接着山外来的我们。还有墙角、地边、陌上，开得正艳的紫玉兰、紫荆、野樱花、油菜花，在澄澈蓝天的映衬下，生动着一隅又一隅的春光，吸引着我们驻足停留。

有花儿开放的山野总是迷人的。而让花儿长成果子变成致富产业更是动人。乌沙畈村有三朵精心培植的花儿，已走出深闺，带着山野原始的生态美，泽被乌沙畈村 300 多户农民。

桃花儿红，黄桃儿甜，由蕲春桃花寨农业发展有限公司种植、县精准灭荒工程项目扶持的千亩黄桃园，已于前年就品尝到了鲜嫩黄桃的醇香；

梨花儿白，金果儿脆，引进的嫁接新品种梨子，去年就收获了单果重达两斤多，并且不易氧化的脆梨；

油茶花儿粉，茶油儿香，由蕲春绿森生态农业公司 2009 年种植的油茶已进入初产期，清香四溢、品质高佳的保健食用油已畅销全县。

我们到时，桃花、梨花这两朵花儿正迎着春光，恣意绽放，一抹抹粉红、一片片雪白，让大山显得春意盎然，勃勃生机丝毫不逊色于县城独山森林公园里的那些娇艳的花儿。

乌沙畈村的领头人、现任村支书占建芳，与我的名字同一个"芳"字。就是这一个相同点，让我对他格外地多了一些留意。

在铺满落叶的竹间小道上，我们之间的相聊很普通很寻常，无外乎就是我有意识的一些了解和询问，他亦针对性的一些回答和释疑。我自以为得到了我想得到的一些素材和资料。

可是，当我从镇林业站里得知他爱好文学、喜欢写并且写得一些好文字的时候，我对他愈发好奇，就主动要求添加了他的微信。

东篱难把春风掩，隙间逗醒万树花。

陶渊留下田半亩，唐寅坞里话千蕾。

蕲园漫出阑珊步，桃花寨里念奴娇。

这是他前年三月的一天发在朋友圈的文字，配的图是我们看到的花开正艳的黄桃园。这几行文字，他竟然用上了陶渊明的东篱、唐寅的桃花坞，让这两个历史著名的人物融进他的"蕲园"，这太让我刮目相看了。

一蕾一果一同期，半羞半笑半露姿，

满山满岗满财气，丰收丰策丰泽时。

这是他去年十月的一天发在朋友圈的文字，配图的是粉白花儿满枝头的油茶基地。就是这短短的四句话，既简单地描述了油茶开花结果同期的习性，又写出了敢叫荒山生出聚宝盆的豪气。

我几乎浏览完了他所有的朋友圈，一行行或简洁有力或清新雅致的文字，完全颠覆了我对农村村支书的印象。通过文字，走进他的内心，让我对他心生敬意：这是一个有文化素养、热爱文字，同时又执着热爱他的岗位和工作的村支书！

我想，那些干巴巴的修路、建基地、建场园的工作总结，怎么能与这些记载着辛勤点滴、收获喜悦的诗文相比呢？

占建芳说，他 2011 年当村支书的那一年，全村只有一条由龙井村到乌沙畈的水泥路，全村有八个组群众出行非常困难。任职的第二年，在政府未给一寸硬化路指标的情况下，他去武汉请人硬化了村内各组之间的水泥路，为以后的招商奠定了基础。

路通人活，人活财聚，财聚致富。他自言虽没有"骑鲸探沧海，驾鹏览九天"的壮志，但有一颗乐于"在平凡岗位上执着坚守和付出的初心"，让乌沙畈的花、果、油走出深山。到时候，一定不会让别人同我一样，把乌沙畈同雾云山弄混淆了。

诗已有了，致富的远方还会远么？

2021 年 3 月 26 日写于流眄斋

生如夏花

下午四点多的时候，单位里已无所事事了，看看天色尚早，就又惦记起晏园的那些月季花儿了。

上上周去燕子的学校时，得知晏园的花枝已被燕子的老公熊老师进行了一次全面的修剪，采下的鲜花，除去好友拿走的，共有40多斤重。燕子说，到这周，差不多新一轮的月季花儿又勃发更新，又一批不一样的花儿将会热闹着缤纷着晏园了，还让我到时候再来再写写晏园吧。

心动即行动。不必约燕子，多次打扰她不太好意思，况且晏园的新房子最近在装修，随时去都可长驱直入。驱车几分钟，即进入通往晏园的城郊公路。

五月花事浓稔，路两边红的石榴、粉的蔷薇、紫的绣球、黄的仙人掌、多彩的格桑花，更有一树一树黄澄澄的枇杷。这么多热闹新鲜的花事和果事，农地里三三两两种菜的农人和行走的居民对这些都熟视无睹，无暇顾及，各自忙着手中的活儿和盯着脚下的路。这倒弄得我这个专程去晏园看花的人，有些不好意思了。

晏园的房子里有几个装修工人在忙，他们对我的到来，亦是视而不见。甚至没有问一句"来看花还是来找人"，想必已是看花的人次多得不必过问了。这果真如燕子所言："去晏园看花的人很多，你尽管去就是了。"

花枝可真是修剪了不少。茂盛的枝条，比我前两次去看的时候矮了很多，但叶色愈发碧绿了。这足见晏园的底肥足够多。也正应了燕子的话，熊老师一空了就在晏园里倒腾。这几天雨水充沛，花圃里野草也疯长起来了一些。为数不多的花儿在绽放，又一茬的花蕾已然缀满了枝头。

"你最喜欢的龙沙宝石，我修剪得最重，它再要开花最早要到下半年，甚至有可能到明年了。"在我边看边拍照的时候，熊老师不知从哪里冒出来，吓我一大跳。

"我进来时怎么没见到你？"

"我刚刚在那个角落里除虫的，你没看到。"

"我正打算把这些长满杂草的照片发给燕子，让她瞧瞧，叫她来除草的。"我开心地笑着说。

"她在上班，忙得很，没时间的。再说这些草有我除就够了，不需要她来，有的草可以适当地留下，保水保湿有作用的。"

"哦，这样啊，你为什么要对龙沙宝石下手这么狠啊，熊老师？"

龙沙宝石的花形和颜色最好看，花的外围是浅粉，花瓣中间是胭脂红，盛开的花朵儿粉中透红，红中透粉。花苞大而结实，盛开期，花朵儿密密地缀在花枝上，百媚千娇，百看不厌，我一看上它就觉得杨玉环的美大约就是这个样子。熊老师已把它修剪好盘在围栏上了，开花时就是一面花墙，蔚为大观。

熊老师戴着一顶鸭舌帽，手里拿着一把修枝剪，站在被龙沙宝石盘绕的栏杆边，"正因为它好看，所以它开过一巡后，要重剪让它饱饱地吸足营养，生发出下一轮的壮枝，以便萌生出更多的花蕾。它需要一个比别的品种较长一些的过程，不剪重不行的。"

"我剪几枝花给你带回去吧，花儿不多，前几天学校的几个老师来剪了好多。"熊老师侧身穿行在晏园里，以避开月季的尖刺。月季的刺很硬很尖，一不小心就会伤及手，牵扯衣襟更是常事。熊老师随意一剪，就有一大捧，他让我拿着，嘱咐我注意刺，别伤着手，回家用大口花瓶装清水供养。他转身即去盘弄他的花儿了。我抱着捧花在怀里，瞬间觉得自己成为一个花仙子了，美美哒。

回家的路上，路两边农田里耕作的菜农仍在，那些红的石榴、粉的蔷薇、紫的绣球、黄的仙人掌、多彩的格桑花，更有一树一树黄澄澄的枇杷，仍然在。我想，这些花儿们，究竟是为了给即将到来的夏天预热升温，还是为了抻伸春天的长度，让人间多些春意呢？我不懂花语，但是细瞧这些花儿，仔细回味熊老师对花的痴爱程度，还是可以从中领略到一些什么。

生如夏花。

2020 年 5 月 14 日写于流眄斋

五美泡温泉

几个女"妖精"，头晚在小群里一邀，第二天一早，就准时集合出发了。

目的地，邻县某温泉。时间，周日，腊月初八。人员，大小五美，即五个女妖精。

天气可真是好。约一个月的雨雪天，今日终于放晴了。

"人就是向阳的动物，太阳出来了真好啊。"一上车，一妖就笑着说。

另几妖马上说："真是天助我也，是不是看到我们五美要去泡温泉呢？"

"今天腊八节，你们早上都吃了腊八粥没？我早上可是吃了的啊。"

"'知否知否'电视，你们追到哪集了？里面的祖母好睿智啊，冯绍峰演的我不喜欢，太帅了吧，哈哈哈……"

"我昨天把女儿接回来，女儿说妈妈好久没吃你做的饭了，我一天要吃五餐，我就每隔两个小时给女儿做一顿。女儿高兴坏了！"

三个女人一台戏，更何况五个女妖。我不敢大意，我可是掌方向盘的一妖呢！

可是这些妖精们声音太大太吵了，我可是用导航呢。

"拜托你们，声音小点儿再小点儿，万一导航没听到，走错了道呢。对，就这样，OK，OK，可以了。"

一个小时多一点儿，五妖就齐刷刷地到了温泉。

还别说，脱掉臃肿的羽绒服，换上紧身的泳衣，女妖个个性感迷人。

戴眼镜的一妖，把内衣当作泳衣，直接入池，线条可是美得不要不要的了。有一妖直接被唤作胸模，几次三番地被几个女妖"袭胸"。

好几个汤池的地板都铺着蔚蓝色的地板砖，显得池水清澈碧蓝，十分养眼。汤水温度适宜，在水汽氤氲的汤池里，女妖们一个个被水汽熏得粉嫩无比。轮流拍照、拍视频，笑声不断，击水声不断。女妖们个个都疯了似的，各种姿势，各种笑容，各种摆拍，各种赞美。生活的烦恼和工作的困顿全都臣服于九霄云外了。

"你真美啊，快游过去，哇，一米八的大长腿，白得晃眼！"

"你们三个，快并排浮着，对，就这样，天啦，不要太妖娆了，我眼睛受不了了。"

"你就这样，对，像美人鱼呀，我给你拍了好多啊！"

斯时斯境，天上人间，是妖是仙还是美人呢？

室外的汤池，太阳暖暖地照着，十分的舒适。泡了差不多一个小时了，女妖们玩疯了玩累了，排排坐在池边说：

"要是下雪泡温泉，是不是更爽啊，头上是雪花，身体泡的是温泉，冰火两重天呀，你们说是不是？"

"是的，下雪的时候我们再来泡，再来疯吧！哈哈哈！"

风情万种亦不过如此吧。

2019 年 1 月 13 日晚写于流眄斋

烟雨樱花

去珞珈山武大校园赏樱，是藏在心底里多年的一个梦想。究竟有多少年，已不太清楚，但是可以明了的是，一定要去武大校园看樱花的念头，每到春水初生的时节，便如池塘春草，蓬勃而生。

并不是很少看到盛开的樱花，其实，近几年来，不出黄冈市就能近看的樱花不少，从蕲州的龙泉花海，到漕河长林岗的百草园，从蕲春独山森林公园，再到黄冈遗爱湖公园，各地的樱花都缤纷多彩，白的胜雪，红的似锦，赏心悦目，流连忘返。

但是，为什么一定要去武大看樱花呢？

我想，应是源于对武汉大学这所著名学府的向往，缘于自己此生、儿子至今亦未能入此高等学府深造，而渴望去心中的殿堂走一趟的梦想。

辛丑年的公历 3 月 15 日上午，终于与儿子一起预约珞珈山，与美丽的武大樱花来一场深情的邂逅了。

春天的雨水，总是多变，说来就来，说走就走。3 月 13 日、14 日两日，阳光明媚、空气清新，15 日一大早却春雨淅沥不止，潮湿阴沉。儿子担心，樱花会不会被大雨都淋湿、掉了，我则开心地一笑，不会的，樱花一定要等到我们去了之后，才会化作落红飞入泥的。不信你看，丽岛的樱花不是好好的还在枝头么。

儿子说，就算是这样，也不要抱太大的期望哦。它的树很高大，繁花只有从高处看，才能看到它的无边旖旎。

在武大正门附近的一个停车场泊好车，大雨仍未见停。步行约两百米远，到达"国立武汉大学"那座著名的牌坊前，雨，竟似格外怜惜我这个圆梦之人似的，停住了。真好，周遭如有轻烟一般缭绕着，心情一下子变得格外舒爽起来。

一溜儿摆开的绿色通道，工作人员正耐心地一一验证预约放行。看武大樱花，需提前三天预约，每天限制入校人数。这些年轻的工作人员，戴着红袖箍，一看都是学生，儿子说应是学生会的志愿者。而这样的志愿者，在我们所到之处的路口、樱花大道、樱园，都能见到不少。或引路，或提示安全，或制止攀拉花枝之举，我想对他（她）说，太对不住了，为了我们看花，耽误了你们的宝贵学习时间。

从牌坊径直进入，到著名的樱花大道，需要步行一段距离。徜徉在绛红色的人行道上，只见中间宽阔的四车道车来车往，两侧更深处的停车位上停满了车辆。大约是学校教职员工的车辆吧，武大的在职教职工可是一个庞大的队伍哦。

人行道两侧宽大的花坛上，绿草、鲜花、灌木、乔木，参差有致，一步一景，一景一花园。高大、粗壮、古朴的法国梧桐树，一溜儿挺立在两侧的路边，枝丫、主干全都是深深的青褐色，它们的萌动与周围的姹紫嫣红要迟上一段时间，这似乎有点格格不入。正是这些上了年纪的梧桐树，氤氲着校园的历史，让这所著名学府增添了不少的深度和厚度。据载，这些梧桐树，是著名的植物学家叶雅各教授，自1930年在武大任教时起，号召学生们每年种树时种下的，所以珞珈山内，各种树木茂密葱茏，不亚于一座植物王国。

在一棵高大的梧桐树干上，我看到一个拳头大的深褐色树节，我仰视了很久，它该承载了多少雨雪风霜，经历了多少回斧砍斤修，才成这个样子，沉思中竟忘了此行的主要目的是看樱花。

而樱花实际上就在左前方。儿子用云台稳定器固定着相机，拍摄着一路所见，他边拍边告诉我，左前方即是樱花大道了。

若有若无的烟雨迷蒙中，我看到了渐渐密集的人流，疏密相间的粉白樱花，以及向深处蜿蜒的花间大道。被雨水冲洗过后的绿，没有一丝丝的沉闷；被春雨淋湿的花瓣，亦没有一丝丝的不堪，娇艳、粉嫩、白里透红，或者粉白胜雪，都恰恰好。花树下的路边、绿植的叶子上，皆有薄薄的一层粉白，与树上的粉白交相呼应，平添了一份景致。拍照的人儿，一半对着树上的花儿，一半对着地上的落红，仔仔细细地定格着最美的一瞬，让人侧目。

渐行渐深处，樱花愈来愈繁茂，花树愈来愈粗壮。行进在花海之中，明明看到很多的花儿，眼睛似乎都不够用，可是想要拍出一张满意的繁花照片来，或者说拍出一张以樱为背景的人物美照来，却是非常不易。你看那些众多的拍照者，都在想尽各种姿势，反反复复地拍。这果真是应了儿子说的，只有居高临下，或者用无人机，也就是说只有超越它的高度，才能欣赏到它真正的美。

与樱花大道紧密相融的，是武大最早的学生宿舍，已于 2001 年列入全国重点文物保护单位，它有一个好听的名字，叫"老斋舍"，也叫"樱花城堡"。这四栋"老斋舍"建于 1930 年，算来也有近九十年的历史了。从其高高的台阶往上行，每扇门都关着，门头上挂着不同的牌子，如"月字斋""旻字斋""宇字斋"等，红色的窗户、蓝色的砖墙，被密密的樱花树掩映着，虽经过多次维修，仍是保持原貌，不得不佩服执掌者的卓识和远见。

站在"樱花城堡"的顶层平台上，可以瞧见宿舍各层走廊学子们晾晒的衣服。这让我一恍中，回到了学生时代。儿子亦说，这样的时光太单纯太令人回味了。而平台靠近樱花大道的最外侧，已被指示绳拦住，并且相隔不远处即有一名志愿者站立着，不让游人靠近。据说，在其最外侧，可以俯瞰整个樱花大道的繁花盛景。不知是不是出自安全考虑，才让游人居高临下欣赏美景的愿望失之一臂之隔。

儿子在武汉上大学及在武汉就职后，多次夜间游过武大校园，他说暮色中的樱花，繁如云织，月下赏樱，落花如雨，那才真正是别有情致。下次我们再预约夜间赏樱。

如同美美地饱餐一顿后，对美食大餐会产生些许的抵触一样，从樱花大道再到樱园，享受到一场妥妥的视觉盛宴后，竟觉得这些花儿实在是太多太盛太密太艳了。而春雨这时竟似读懂我的心一样，在樱园差不多快要看完了的时候，密密的雨点骤起，我即拉着儿子，撑开雨伞，急急回程。

车入丽岛，雨还未停。一转弯，小区一个屋角的花坛中，一株花儿疏朗的樱花树，在雨中秀姿绰约，一树隐隐的粉白，卓然挺立在一大片新绿中，格外的清新脱俗。我指给开车的儿子看，儿子说，真美，不亚于珞珈山的樱花呢。

谁说不是呢。美，无处不在，只要你我都有一颗爱美的心。

2021 年 3 月 16 日写于流眄斋

晏园花浓

去好友燕子家的晏园欣赏她老公栽植的月季花，从去年的5月底约起，至昨天（4月23日）终于成行。好在月季一年四季都在开，错过了一季会有另一季，所以虽然约过好几次，都阴差阳错地没有赏成，也没有太过惋惜。加之，自家阳台上今年春上的几株月季也艳艳地开了好多花儿，去燕子家的脚步，更是不得勤。上周，燕子又微信来约：下周快来我家看花，现在晏园里花蕾多得不得了，下周花都会开了，一定要来哦。

前日，燕子在朋友圈接连地发了两期九宫格月季花，朵朵娇艳美丽，而无一朵相同。我的双眼里似乎伸出了一双小手，想要将这上好的尤物纳为己有！我色色地刚在朋友圈留言"我要看花更要看你"，燕子立马回复我：快来看花，快来！

当我终于成行抵达晏园的时候，我发现我几乎沉溺其中了。

不敢说是百花娇艳，亦不敢说花多似海，但是清一色的月季花儿，被主人精心地栽培，就像兴趣相投的知友聚在一起，生机勃勃、生意盎然，活色生香，雅致无比了。花儿不是太多，但是每一朵都不相同，多的倒是满眼的花蕾，每一个枝条的顶端，一朵、两朵盛开的花儿，周围星星般地聚集着太多的花蕾，如众星捧月；又好比皇宫里的贵妃娘娘，娇滴滴地一出场就是一众人儿前后左右地围拱着。加上香风阵阵，香气扑鼻，那气场那阵势，大有不压倒宫里的众芳不罢休的样子。

晏园是燕子新家的后花园，约有一亩多地的样子。2018年底新居建成后，由于不急着搬进去住，新居至今未装修，但是后花园却从新居落成的那一日起开始兴建，只是当时还没有取名。燕子说，给花园取名晏园，是谐音她的名字"燕"，取平安意。"晏"字既雅致又切主人的身份，与燕子及她老公这一对才子佳人，太契合不过了。

我与燕子正如蝴蝶般穿梭园中的时候，燕子的老公打来电话了。燕子笑着说："你忙空了吗，忙空了就来晏园，有一个美女来赏花呢，等你来介绍你的宝贝儿！"

我正看着一根花枝上的一个小黄牌子，惊诧这是什么的时候，燕子接完电话说："这是我老公写的花名，这里面有一百多个品种，每一个品种他都作了标识，每一个品种他都记得，我不记得的。"

我低头仔细看，见写着"苔丝"，便说："这名字真好听，这字写得真好，还有英文，是你老公写的？"

"当然是了，我老公是南京理工大学的高才生呢，谁知道他这个理科生就怎么爱上了种花！他的爱好就是种花，然后拍花。你没见他，一空了就驻在这里，做起活来就像一个农民！"

"像个农民，也是个如同陶渊明般高雅的农民。大抵是我们骨子里都有田园情结，种花、爱花，与土地打交道，与大自然相接触，是人的本性在流露吧！"我回答燕子的时候，燕子的老公已过来了。

"来来来，从这里看起。这个，论坛上有人说最不易开花，有很多人种着种着，枝条挺茂盛，就是不开花，你们来看我养的，这么多的花蕾，还开了一朵、嫩嫩的、粉粉的，我太激动了，它叫瑞典女王，好看吧！"

燕子的老公一到晏园，仿佛将军见到了他训练有素的士兵，兴奋而又止不住地夸个不停。

"你来看这个，是日本月季系列的一个品种，你看它的大红色，很多花友都认为是中国品种，其实是正宗的日本品种；这一个，是欧月系列的一个品种——鲜切花，是做手捧花的最佳品种，新娘手捧花的上佳选择，你们看它的颜色多么淡雅；还有这一个，就是你们女生常说的红玫瑰，这个边边的花瓣颜色深一些，是它开的时候遇到了冷空气；来来来看这个，婚礼之路，我的天啦，昨天才没开一点点，今天就这样的好看了，太妙了！还有这个，你们快来看它的美妙！"

我拉着燕子走过去，凑近看，四五个花蕾围着一朵初绽的奶黄色的花蕾，还没盛开，我说："没有看出它的美妙呀！"燕子老公说："你们不知道，它初绽时花瓣的颜色很淡，慢慢地颜色就会变深，这样一来，一棵树上，花儿的颜色不一样的，有淡白色、淡黄色、淡粉色、深黄色和橙色，这就是它的奇妙，你们不懂！嘿嘿。"

"这叫作介绍吗？这简直是如数家珍的炫耀啊！"我对燕子说道。燕子说："他就是这样子，不理他，一有人来，他就狂介绍一番，我听了这么多遍，我都记不住一个。只有一个，我记得是他去年到江西出差弄回的一棵，开红花，老公也不知道品种，就自作主张地取名赣州红，喏，就是这棵，花还没开。"

"我当然要夸了，你们也不看看都是谁种的，是我种的，我不夸，难道要夸我在厨房里的样子么？"燕子的老公高兴得像一个调皮的孩子一般，"刚才你们都看花眼了，现在换一个节目，来闻花香，每一个品种的香味都不一样的！"

我们被他引领着，从一朵花儿走向另一朵花儿，嗅着嗅着不过瘾，取下口罩嗅一下，赶紧又戴上，浓浓的花气熏得衣襟飘香。这浓郁的香味其实在去年五月下旬的时候就领略过，当时我与燕子在市里同开作家代表大会，住在同一个房间。晚上洗漱后，燕子拿出一瓶玫瑰花露，让我试用，告诉我，是她老公用蒸馏机，采自己园中种的月季花萃取的纯正花露，我惊讶得以为见到了外星物种。"这种小资而又精致的花露，是你老公亲自弄的？还是来自你家花园的花？"我取一些试用，浓稠的露液，拍上脸颊，肌肤顿觉沁服，触摸之，光滑如缎。后来网购了一瓶自称纯正的玫瑰花露使用，总觉掺水不少。不禁感叹，在细致而又精致的"爱人制作"面前，任何东西都会逊色。

"今年的疫情可怠慢了我的花儿们。我们住在老房子里，也不能来这里，快两个多月，我搭的温棚里很多扦插的枝条都死了，不然我可以多给你几个品种你放在阳台上养。有的品种不适合阳台上种。这棵'诗人的妻子'，给你带回去，你换一个大花盆，它开粉色的花儿，很好看。这边我前些时插上了好多，等成活了你再来拿。"

燕子接过她老公的话，说："你一个星期来一次。你看，这么多的花朵，想想，等都开了的时候，多壮观呢。"

我望着被口罩遮住的燕子，红色的上衣裹着匀称的身体，站在她老公的身旁，暖暖的，让人舒服无比。天色不早，我与燕子一同离开，她老公继续留园侍弄那些花儿。香气萦绕，沁入我们的周身，我与燕子同出晏园，竟是一路芬芳，一路花香。

2020 年 4 月 24 日写于流昕斋

一隅春景

出城往北的道路，要穿过一座铁路桥。铁路桥下方，护城河蜿蜒而过，一侧是出城的大路，一侧是一隅改造后供市民休憩的小景。每次上下班开车路过此地的时候，总会情不自禁地把视线越过车窗，投向这片有花、有树、有草、有小河的小景。

四季更迭，行色匆匆，多少次都未曾停下脚步，走近、走进这片小景，而随着时间的推移，对它的憧憬和期待一天天的浓厚。

春分过后的天气，阳光愈发明媚，早樱在几场春雨过后急急谢了芬芳，晚樱即悄悄地携手海棠次第争艳。"池塘三四月，菱蔓芙蕖馥。蒲柳亦竞时，冥冥一川绿。"王安石笔下的春光，与当下一样，春和景明，惠风和畅。一年之中最好的光景到来了。

这天早上比平时早起了半个小时。泊好车，经一座过河小桥，过桥左拐，惊讶于前行的一段路面竟是木质材料。上面似乎有露水，红褐色的地板泛着亮光，清洁可人。这般的精致完全出乎我的意料之外了。

两侧红叶石楠，奋力抽出它四季中最鲜艳的红色嫩枝，如一幅云锦往外延伸铺开。低矮的映山红靠近路沿，新绿郁郁，偶尔一两枝玫红的花儿，性急地探出妖娆的身姿。星状栽种的晚樱，绽开了点点嫩红，朵儿密匝匝的，压弯了些许枝条。禁不住停下脚步，细瞧离我最近枝头的花儿。

突然听到隐约有音乐声起。两侧寻觅，四下张望，终于望见有石质蜂窝状的音箱隐于绿色的草坪间。萨克斯音乐《回家》如流水般在汩汩流淌。再次叹服，这一隅小景布置的精心与精致了。

而实则这处小景所处之地是很嘈杂的。四围的车流声，城市的喧嚣声，还有时不时驶过的列车声，彼此交织，寻幽觅静，实在不是一个好去处。

怪不得没碰到一个早行人到此。此时晨练，已属偏晚，上班的人儿已在匆匆的路上。不上班的，此处又离市区稍远，他们不会来到此地逗留。

可是，这隐隐的音乐声，如同这春色一般，自顾自地消长、起伏，一曲终了另起一曲，营造出这一方小景的自在与惬意。人境的喧黙，城市的烦促，它竟毫不在意，似乎与它也毫不相干。红绿的荣枯与生长，一一地应时而来，适时而去。

我亦觉得，这一隅小景也能适我愿了。我想我会经常过来的。

2021 年 3 月 24 日写于流昤斋

因为小吃，心生热爱

因为儿子做个小手术，在武昌水果湖这边的医院陪住了几天，闲了的时候对步行街及附近的路边小吃有所关注。从对小吃的关注及至着迷，这让我感觉大武汉除了堵车让人有点不喜欢外，仅就小吃这一块就让我无比地热爱上了她。

在水果湖招商银行正对面有一个卖"荆州锅盔"的小店，几次路过，见那长长的大锅盔很是惊悚，转眼看排队购买的，都有七八个人之多。说是小店，其实仅容一个人转身，另加一个工作台而已。初冬的天，我们都穿着厚厚的外套，做锅盔的年轻人，却只穿一件短袖 T 恤。想必身边烤锅盔的大炉子温暖使然。

路过时正是下班时分，排队的多是女生，如果是男生排队，那他的旁边一定有一个女生在队列之外。对零食小吃的痴爱程度，女生绝对超过男生。路过几次，终于也忍不住排队去买了两个，不同的口味，形状像鞋底一样，好长的一个，极脆极薄极香。带到医院，儿子说，这个好吃，平时他们也爱买。

在步行街闲逛时，意外地发现了前些时刷抖音刷到的网红零食——酸奶大麻花，以及黄焖大肉丸子。自媒体时代，看到手机里的东西竟活灵活现地出现在眼前，立马被吸引了过去排队购买。自媒体宣传的作用真的是太强大了。

酸奶大麻花体形肥胖，胖乎乎的麻花里裹着酸奶。这种新奇的吃法，让人感叹，只有想不到的，没有做不到的。这种网红小吃，不知起源于哪里，网上一搜，全国各大城市到处都有，我所住的小城到底有没有，尚无从知晓。

排队时，前面的女子扭头问我买几根，我说这么肥胖的一根，买一根就够，她说要不我俩拼一下买两根，一人可以节约一块钱。我当然赞同，这种拼单减价法，让我立即想起了某个带"拼"字的网购平台，这种拼单节约钱的办法，真是渗透得无处不在。

看着肥嘟嘟的大麻花在油锅里翻滚，手机拍照发给儿子，儿子说要吃要吃。我带到医院，娘俩三下五除二，几口就吃完了，连呼过瘾，怎么这样好吃呢。

黄焖大肉丸子的制作，抖音里的那个师傅专门作了讲解，就是不知是不是步行街的这一家。它的个头较之我们平时做的要大两倍以上，里面加了少量的鱼茸，所以肉丸子就很泡，口感不结。现场有免费品尝的一小块，我吃了一丁点，就买了一斤。后边一个胖胖的妇人，尝了一大块后，还拿着牙签穿第二块。我的妈呀，这全都是肉啊，如果碰到几个这样爱品尝的主儿，店主有没有肉痛的感觉呢。因为价格不菲，三十五块钱一斤，一百块钱三斤，她尝那么一大块，店主要掉一坨肉。

除了以上两个抖音里刷到过的、好吃的小吃外，还有各种口味的馅饼。这馅饼在不长的一条街里，竟然有两家，品牌不一样，包装不一样，同样的是排队的人多，生意好。毕竟是九省通衢之都，来往行人之多，不是一般的城市所能相比的。这两家店的馅饼我都买了，一个招牌三个字，很文艺范儿的，又是三个毫不相连的字，我没能记住它的名字；另一个招牌很普通，太容易记：矮子馅饼。与儿子同病房的武汉本地病人说，这个品牌的馅饼很好吃。这家的馅饼我买了六种口味的，都好吃。

我同儿子一起，一人一口气吃了两个，儿子准备吃第三个时，我按住了，不让他吃。我说你这才吃流食两天呢，好吃的东西过几天再吃也不迟。儿子说，我妈真有本事，找到了这么多好吃的小吃。

我也忍住了。实在是想傍晚散步时再去拼单买肥肥胖胖的酸奶麻花。踱至门口，却被告知，今天的量早就卖完，明天上午十点后才有。

明天是周日，大武汉不会那么堵，我亦怀着一颗愉悦的心情，去觅更好吃的小吃。

2021 年 11 月 27 日写于武昌

圆峰山上的油茶花

蕲南丘陵地区的冬，是在那种欲寒还暖、欲萧瑟还热烈、欲凋敝还丰硕的边界游离着。

这不，站在滨江小镇管窑镇的圆峰山顶，放眼四野，蓝天白云下，碧绿的池塘、瘦黄的田畴、黛绿的四旁林木，还有身后眼前的景，薄薄的寒风轻轻地吹过来，竟让我分不清是春还是冬。

绵延几山几岭、梯田状渐次分布的油茶树上，雪絮般堆集着油茶花儿，冬阳下，花儿们恣意、热烈。林地里，无见一丛杂草，叶让着花，花衬着叶，一棵树就是一个硕大的粉团。细瞧粉团，只见一朵挨着一朵，花开五瓣，嫩黄色的花蕊，无视寒冬的侵凌，如少女晨曦中的脸庞，明亮中泛着摄人的光泽。

我已三个年头没见亚亚了。亚亚，即蕲春元丰山山茶油有限公司总经理王亚，此刻正站在圆峰山顶林间空地上蕲春作协采风队伍的正中间。

与她热烈地拥抱过后，我退出蹀至圈外，看油茶林地边缘，当年整地保留下来的枫、栎、樟等乔木，已然被今冬的风霜染成了红黄绿相间的色带，犹若锦绣花边一样，装饰着亚亚的两千亩油茶基地。

再回头看亚亚，还是那么清瘦、那么美丽，一头短发依然时尚、干练。精致的五官，纵使承受了太多的风吹日晒，仍然呈现出超然出众的气质。

年春，一个充满大都市气息、浑身张扬着时尚的气质女子，驾着一辆红色小车来到了我单位——县林业局，她就是亚亚。其时，她与她老公已在北京创业，并赚下了人生的第一桶金。

亚亚的家在管窑，这个滨江小镇有着丰富的林地资源和得天独厚的土壤条件。天生的黄棕壤土质，适宜的海拔高度，非常适宜种植湿地松等速生丰产用材林及油茶等速生丰产经济林。

当"绿满荆楚""精准灭荒"的浪潮如春风般吹拂至蕲阳大地时，蕲南蕲北的山山岭岭都沸腾了。沸腾的是承包经营山林的人。零租金、低租金承包林地，开发荒山、改造低残次林，国家提供项目给予优质种苗扶持等等真金白银的政策扶持，以及"绿水青山就是金山银山""绿水青山就是望得见的乡愁"绿色理念的指引。亚亚，这位美丽的女子，同全县近千名在外创业人士一道，先后将目光聚焦至家乡的山岭之上。

见证过亚亚多次奔波在规划设计的路上，亦见证过亚亚和林业技术人员一道，在整地、造林、施肥、修剪的现场。很难想象，这么一个时尚的女子，一旦融入那种黄土朝天、草荒没履的山间，竟然没有一丝一毫的违和感。她可以把休闲的时装穿至整地现场，亦可以把土得掉渣的大胶鞋套在脚上，还可以把竹蓑笠背在身上，细雨中督促栽植苗子的质量和进度。还可以挑着大箩筐，与林工一起兴奋地采摘茶果。哪里有干塘了，她就驱车去那里，包下塘泥，作为油茶底肥进行追施；附近哪里有急需干事儿照顾家庭的农民，她就叫人来基地打短工。

从京城打拼回来的银子，源源不断地注入圆峰山及周边 2000 亩的山山岭岭，投入了 500 万元抑或 800 万元还是更多？亚亚曾经说过，看着漫山的油茶树苗一年年长大，棵棵饱满得像是孩子般可爱，钱投进去了一点都不后悔，更何况还带动了垮村及附近的贫困户上山就业、家门口增收。她还说，基地聘请的固定林工就有十多个。这种积德行善的事，如果不承包荒山还没有这样的机会呢。

可是，有几次挫折，却让亚亚哭了。一次是初试果的那一年，由于提前没有充分的准备，对市场行情没有摸清楚，收摘的近 20 万斤茶果，没有找到合适的买家，眼见着仓库尚未建好，果实堆在露天，一年的收获即将打水漂，亚亚和我局里总工程师打电话时，说着说着，竟放声大哭起来。后来几经辗转，总算在安徽省找到了一个好的买家，我们跟着亚亚一起开心。还有一次，是 2018 年持续的干旱，已经挂果的油茶树一次性死掉了四分之一多。看着渐渐干枯至死的油茶树，想着这么多年的艰辛付出，亚亚再坚强，也还是禁不住哭过多次。除了这些，亚亚最担心的是油茶管理技术的欠缺，局里针对她的需求，每年都派出技术人员，到亚亚的基地，现场培训施肥、修剪、防治病虫害等专业技术，手把手地培训施工人员，让亚亚的基地一步步地走上规范、良性、健康发展轨道。

一分耕耘一分收获，风雨过后见彩虹。亚亚带着采风的人员，沿着干净的林间作业道，边走边说，如数家珍。

"今年已采干果50多万斤啦！我的茶油已卖到每斤60块以上了，还不错。销售嘛，已有固定的加工厂家，建立了直销的门路。储存仓库？喏，在那边，前几年，我把县里的老粮站八一粮站盘下来作仓库了。目前，基地灌溉设备正在建设当中。还希望得到国家更多的政策支持啊！"

亚亚好看的短发衬托着健康的肤色，举手投足间散发着自信的气息。

"茶油注重品质口感，我们的基地都是施的有机肥，不施化肥，尽量不打农药，避免农药残留，减少环境污染。以后各位作家老师有需求，可以来咱们基地订购哦，我们的茶油已经注册商标了。"

与亚亚拥抱告别，看到了她眸子里动人的光泽。这光泽如同她基地的油茶花儿，纯洁而又高贵。

想起曾经读过的当代著名诗人熊东遨先生赞美油茶的诗句，用在亚亚身上特别合适：

高标何用俗人夸，素面妆成气自华。

不向春风问消息，映霜先发隔年花。

2021 年 12 月 28 日写于流昞斋

粘蝉

下午五点半的光景，太阳还明晃晃地高悬在天边，周遭暑气仍旧炽热。

虽是炽热，但不难耐，因为昨晚的雷阵雨，气温明显地比昨日降了几度。想着好多时没去独山转转了，就驱车径往独山的乾竹门停车场，泊好车，取出车里一顶布帽，戴上遮挡一下阳光。

四围茂密的松杉，已然将阳光挡在了外围。从树枝的缝隙筛下来的光线，热气被削弱了不少。凉风拂面，绿意盎然，路两边花径绵延，让我差点以为是行走在春天里的独山。

倒是热闹的蝉声，一阵又一阵，一波又一波的，在人行步道两侧的树林里，不知疲倦地叫个不停。

看不见它栖身何处，但是蝉鸣声声入耳鼓，让我觉得它无处不在。停下脚步，想细细地分辨一下到底来自哪棵树，走近右边的一棵松树，却发现叫声似来自左边，再往前走，蝉鸣声将我包围，"知了、知了"的声音似大幅的画卷，随着我的脚步向前而逐步地打开。

记得小时候，垮下里房前屋后的树上，经常会有知了爬在上面叫个不停。祖父讨厌它的叫声，就用一个长长的竹竿，顶端绑着一个尼龙网袋，再把网袋去粘屋角落的蜘蛛网，用蜘蛛网的黏液去粘树上的蝉。祖父个子高大，大门口梧桐树上的蝉看得一清二楚，他把长竹竿一伸，就粘住了一个蝉，再一伸又粘住了一个，"知了、知了"的叫声骤地停下来，粘在蜘蛛网上的蝉死死地不能动弹。我有时候想捉蝉玩儿，祖父就教我，可是我去捉，竹竿刚刚伸过去，蝉总是长鸣一声就跑了，哪里还能捉住蝉呢。

可是今儿个有一只蝉竟自己粘在我的连衣裙后背上，跟着我回到了家里。

　　我听到奇怪的响声是从我下山返回的开车时。我一踩油门，习惯性地把后背垫靠好，一个异样的声音突然响起。弱弱的吱吱声，是我凉鞋底踩重了吗？只一下，就没有了。上楼梯至三楼时，突然这声音又响了几下，真的像是凉鞋底遇水踩重了的那种吱呀声，声音像是从我的左边身体发出来的，我重重地踩一下左脚，凉鞋没有任何声音。掀一下左边裙摆，亦不见粘上树枝枝叶。

　　因为爬山的缘故，到家觉得有些疲倦，就到书房凉躺椅躺下。一躺下，突然这叫声接连不断地响起，房间里这么安静，这次我清晰地听到叫声是从我左后背传出来的。

　　我站起来，用右手摸索着我连衣裙的左侧，竟在靠近左腰部摸到了一只小蝉！原来是我往后靠时压住了它！

　　它是一只小小的幼蝉，所以叫声与平素听到的蝉鸣声不太一样。可是，它是在哪里、什么时候粘上了我呢？

　　我轻轻地捉住它的翅膀，一双薄薄的蝉翼不堪一握。我来到阳台，想仔细看一看这个可爱的精灵，它为什么跟着我一起到了我的家。可是，我甚至来不及拍一张照片，没看够它的小模样，它就从我的手掌心扑棱着翅膀，贴着阳台上的花草，飞入薄暮下的夜空。

　　一声弱弱的蝉鸣，就这样迅速消失在小区的夜里。

　　你从哪里来？又到哪里去呢？这只七夕的傍晚，粘上我的蝉，我会想你的。

2020 年 8 月 25 日写于流眄斋

长林之美

长林无疑是美的。

长林之美，美在无以言表，却又<u>丝丝</u>沁人心脾。对着盈盈碧水、蔼蔼群山，自觉词不达意。词穷意酣之时，只能猛吸一口清新的空气，作吐故纳新状，然后放声长啸：人间仙境，心旷神怡呀！

长林之美，美在全景入画，一转身一回眸皆是经典。无论远山近水，还是片林孤木；无论碧波泛舟，还是白鸥蹁跹；更遑论五彩色锦，轻云出岫。无论哪一个角度，均可无死角全方位入镜，镜镜均是嘉美入框。像是一位绝色佳人走红毯，每一个摄影师的镜头下，都是活色生香，摇曳多姿。

长林之美，美在诗情俊逸，其美可以在古诗中觅得她的风华。"蒹葭苍苍，白露为霜，所谓伊人，在水一方"，是那星屿浅汀之上，衣袂翩翩之佳人，从《诗经》中走来，迎风涤怀，遗世而立。"皋兰被径兮，斯路渐。湛湛江水兮，上有枫"，是那环抱一泓碧波的群山上，绛红色的枫叶、火红的乌桕树叶如满天群星幻化的点点红缨，让初冬的绿心甘情愿地退出，化作《楚辞》般的韵律，与其相依相融。

长林之美，美在愈秋愈醉，愈醉愈想品。犹若思乡游子，面对一轮明月，捧盏独酌，愈醉愈酽，愈醉愈美。由春之清新到夏之热烈至秋之丰腴，风雨之中的磨砺与累积，深秋中的长林已然饱满圆润，漫步于山之胸膛、水之汀洲，尚未觞咏，已经醉意满怀。

长林之美，美在俯仰之间，让人心清神宁。"行到水穷处，坐看云起时"，谁的人生没有过被生活生吞活剥得一地鸡毛的时候，此时的你，完全可以把一切抛至脑后，置身于长林，看云卷云舒，去留无意；看鸥鹭雁燕，自在道遥。疲倦的身心会得到彻底的放松，所有的名利纠结，于一湖碧水而言，都是那么的不堪一提而得到彻底的放空。轻装上路，一个全新的你，踏上新的征程，蓦然回首，这一方山水已包容、清洗掉了你所有的污垢，还你如初生般清新纯洁。

长林，这个位于蕲北山区狮子镇花园水库的偏僻库区村，离县城40公里，离狮子镇15公里，"养在深山无人识，一朝识得满堂惊"，这得益于县、镇、村三级党委的孜孜追求和执着保护。作为库区，在保护原生态、确保库区范围内生态环境良好的基础上，进行有针对性地开发，真正是造福一方，泽利千秋。我第一次踏上这块风水宝地，即被深深地迷住。难怪那么多的驴友，从省内县外不同的地方，纷纷赶来赴"深秋之约"，一涤碌碌浮生的尘埃，感受无处不在的美丽。

一鉴澄明任鼓枻，放眼看星屿空青，浅汀蘋紫，七八子咏觞，诗囊未满；

群山慷慨付涂鸦，共谁说长林气爽，荆楚叶红，千百年苍郁，地脉常新。

有一个关于树洞的童话传说，说如果人内心里有不便与人倾诉的纠结，这种纠结让人整日整夜不得安宁，那么这个树洞可以让你尽情倾诉，倾诉完了用泥将洞口封住，倾诉的人得到了彻底的放松，身心健康得到了极大的恢复。

如果觉得累了、疲了、乏了，有无法排遣的纠结无以释怀，不妨邀约三五好友，或者只身一人，来长林，让她的大美襟抱，听取所有的倾诉，包容所有一切，从而荡涤肺腑，何不乐哉？！

2021 年 11 月 20 日写于流眄斋

知秋桂子香

懵懂桂子不知秋，知秋而后沁人香。

那天傍晚，我沿着县城一条两旁栽满桂树的街道，沐浴着馥郁的桂子香气，和一女友散步逛街。

闪烁的霓虹灯，装饰着小城的夜色，灯光闪烁处，各类招牌的门面，在夜色中，缤纷着城市的眼。散步来往的人流，或三两并肩，或一人独行，好一幅美丽祥和的城居夜景图。

我和女友信步走进了一家成衣店。

网购盛行的当下，几乎都忘了实体店的存在。

一眼望去，店内衣品，主打棉麻风格。我对着女友说："是我喜欢的范儿，试试吧？！"

女店主笑着迎上来，对我说："看你的穿搭及举止，确实是。试试吧，看有没有喜欢的。说不定有合眼缘的呢。买衣服都是这样的，也看缘分。"

店面不是很大，中间两排货架及三面墙挂满了各类衣裙。衣服的颜色大都是中性色彩，式样大方、休闲而又不失时尚。

我随意浏览着，看中了一件孔雀蓝色毛线开衫和一条牛仔裤。上身一试，竟与我身上的橘色格子衬衣，完美契合，勾勒出修长双腿和身材。问价格，不贵，很亲民的价，立即有想购买的冲动。

我自言自语："可惜出门未带手机，不然今晚就带回家。"

女友说："我也是空手出门。你要是确实喜欢，你明天抽个空，上街开车顺路过来取就是了。"

正与别的客人交谈中的店主，闻声过来打断了我们的交流。

"要不你留下你的手机号，衣服拿走，回家再付钱给我。行不行？"

一刹那，我有种恍惚的感觉。我与她并不相熟，甚至我这是第一次进她的店。她这般信任我，难道是我的举止、谈吐显示出我有足够良好的素养，从而让她绝对地相信我？

看店主的年龄，应该在四十五岁以上。她的长相、衣着以及梳妆都很普通，是那种一旦融入街头人流，就不会引起注意的普通。

女友将信将疑，我则爽快地答应了她。报上我的手机号亦即微信号，提上衣服，与女友继续走向灯火辉煌的深处。

女友说："生意不好做呀。你看她有一点点希望和机会都要抓住。她也真是胆大，也不怕遇上赖人，今日幸好遇上的是你。"

我说："是啊，实体店生意不好做。她是只要有一点赚钱的机会就要抓住。看我晚上给她带来的惊喜吧！"

散步回到家，即拿起手机，添加、回复店主的微信，支付衣服款。惊奇地发现店主有一个不俗的网名：桂子。

朋友圈很快见到这位店主的感动。她附上收款的截图，写下了这样几句话：

因为诚信而成交！路过的客户没有带钱包和手机，衣服拿回家后立即发红包过来！世上好人多，诚实是一个人最美丽的品德！当真诚与善良相遇，所有的美好终会延续……

窗外的桂子，随着夜风，吹来阵阵沁人心脾的香气。这香气，是每一朵细小的如米粒般大小的桂花，聚焦在一起，将自己独有的芳香，相互融合再无私扩散，从而去浊涤清，造福一方。

人何尝不是这样的小个体呢！我和店主是，女友和其他行人也是。如果每个人都能存善存真，这世界会是多么的芬芳与美好。

2021 年 10 月 19 日写于流眄斋

众里寻莲

莲，出淤泥而不染，其姿挺拔秀逸，其色妩媚娇艳，其香清绝幽远，自古即是文人骚客追之吟之慕之的尤物。

而在当下，七月赏莲，却是消暑觅趣的一绝妙去处。

早就听说蕲北狮子镇有一大片莲花，连绵四五里，面积五百余亩。七月底，正值莲花盛放时节，赏莲观花的人，拍抖音、发朋友圈，一片绿荷红莲，让人目不暇接。恰儿子假期在家，母子俩兴致勃勃地驱车赏莲。

一路上，母子俩对话不断，都是围绕着莲花而来。

"这次去看莲花，妈妈又要写美文了。"

"莲花可不太好写啊，古人都写绝了，无论怎样下笔都会觉得词穷。犹如李白欲题黄鹤楼一样——眼前有景道不得，崔颢题诗在上头！"

"哈哈哈，也是的，既有《爱莲说》，又有《荷塘月色》；还有'接天莲叶无穷碧，映日荷花别样红'，想写好可还真是有点够呛哦。"

"不，儿子，咱娘儿俩就是去看看，游游，祛祛暑气，接接地气，免得空调房里逼不出一身的湿气！"

出门时炽热的骄阳，到了狮子镇，却隐入了厚厚的云层中。一阵阵热风，鼓动着星点雨滴，同我们一道融入连绵起伏的荷池。澹澹荷风，扑面而来，周身瞬间盈满了清幽的荷香。

"好香啊，这就是传说中的莲香吗？"儿子夸张地张开双臂，闭上眼睛，作深呼吸状。

"吟罢清风起，荷香满四邻。哈哈哈，你说对了，这正是荷香，亦是莲香。清心润肺，涤尘消暑的哦！"

　　夏天的阵雨，不像是春天若有若无的雨丝，它是点滴坠落的。这不，那肥嫩而又碧绿的荷叶上，几滴雨水滚动成一大滴雨珠，有些许灰尘，那滚动的珠子不那么透明，但却是浑圆一体，不做作，不矫揉，让人看着就有伸手去捞起来的冲动。可是它偏偏不盈一握，到了手上，即成散乱的湿渍状，这多少让我想到环境的重要性来。

　　风突然加大起来，片片荷叶被次第掀起，露出亭亭玉立的茎；而芙蓉般美丽的莲瓣，朵朵如佳人的罗袂，轻轻地摇曳个不停。我陡地想起了这句，"叶子本是肩并肩密密地挨着，这便宛然有了一道凝碧的波痕"。噫，这才是"凝碧"！我兴奋地喊起来："儿子，快看，这风一吹，荷叶掀起的波浪，就叫凝碧，太美啦！"

　　我们沿着池间的人工小径，寻寻觅觅地前行着。花，很多，有"才露尖尖角"的小荷，它或藏在叶片底下，或露出叶片一大截，像是绿色的罗裙托着婀娜的身姿；更多的是朵朵娇羞的红花，透明的、粉色的、绢绸般的莲瓣儿，开合自如。"惟有绿荷红菡萏，卷舒开合任天真"，如果我们这些凡夫俗子，能够做到像莲花一般卷舒自如，生活中会少了许多的纠结和不如意。

　　我和儿子继续在寻觅，意欲寻觅一朵最佳的莲，让她绝妙入镜，给她拍出不同凡响的姿容。刚刚走过去，儿子就喊我："妈妈，快来看，这一朵特别的出尘！"我回首一看，可不，她真的如同仙女下凡一般，绝美容颜傲然挺立，可是一旦真正走近，把镜头对准她的时候，却总也照不出心中所期盼的那份美感来。

　　直到遇到那个戴着竹笠的种莲汉子。他穿着高筒胶靴，手里提着白色的袋子，在碧绿的池中踯躅而行。我好奇地蹲在他附近的小径边，问他在干什么，这一池又一池的莲是什么品种，他向水里撒的是什么东西。

　　儿子笑着打岔道："误入藕花深处，争渡，争渡，惊起一滩鸥鹭。应该是个美女啊，怎么会是个大叔在藕花深处？"

　　那汉子也笑了："美女现在都在岸上啦。看那边，那亭子边的长廊，总是会有撑着花纸伞，穿着红旗袍的美女啦！不过今天她们还没有来哦。

　　"这是新品种太空莲33号，她花大色艳籽实多，我这施的是增加籽实率的专用莲肥呢。你看，这些莲蓬又多又大又饱满。我给你们采些鲜嫩的莲蓬吧，好吃着呢。

"你们要拍好看的莲花，是要低下身子来的。其实每一朵花都好看，你要仰视她，才能拍出她高洁、脱俗、出尘的气质来。不信你们试试看。"

我陡然醒悟过来，儿子早就奔向池边，蹲下他那青春勃发的身体，仰视澄澈蓝天下出污泥而不染的莲。

阵雨早就停了。一池的荷莲恢复了平静。四围的蝉鸣忽远忽近，莲香自周身腾起，一朵好看的莲渐渐地浮现在我的眼前。

2021 年 8 月 3 日写于流昄斋

世象试笔

沉鱼

立秋节气前几日的伏天，正毒的太阳从早到晚，一直亮光光地照在绀石水库的大堤上。热气蒸腾，四围葱绿在抱。

水库大堤边临水面有一长溜的缓坡，绊根草从大青石板的缝隙里，探出绿油油的头，四处攀爬，缓坡成了一整块绿草坪。今年汛期雨大，水库的水位比平常年份要高，已漫上了缓坡最后一个台阶。

这天，绀石村的16岁留守少女小鱼儿踏着晚霞，又来到了水库边的绿草坪。这个地方，她小时候总是跟着爷爷放牛来玩。小鱼儿背着书包，里面装了几本书和几张草稿纸。

马上就要上高二了，学校已通知明天上学。昨晚，小鱼儿给妈妈发微信，想让她回来送她上学，妈妈不高兴地发语音责怪她说：

"疫情才过，我和你爸出来才三四个月，你这么大一个人，不会自己一个人去上学，还要我回来送？你不想想，你读书要钱，爷爷奶奶老了要用钱，做房子还要钱，人情礼物要钱，到处都要钱。我们不送，你自己一个人去！"

小鱼儿从小都是爷爷奶奶带大，从幼儿园到小学，都是爷爷奶奶分头接送，爸爸妈妈永远都在外打工、挣钱。

绀石水库的水，绀石山上的一草一木，把小鱼儿养育得清灵灵的，如出水芙蓉，亦如绰约青莲，楚楚动人。

这么好看的女孩儿，学习成绩还一直那么好！高中以前的每次家长会后，爷爷奶奶总是自豪、骄傲得不得了，给小鱼儿的爸爸妈妈打电话，说："咱们家独苗小鱼儿，就是争气，就是长脸！长得俊不说，还不要我们淘力，会读书，今天又受到表扬啦。"每每这个时候，小鱼儿总是乖巧地朝爷爷奶奶一笑，然后走进自己的小房间认真做作业。

可是，自考上县一中，住进县城后，小鱼儿发现城里的同学们都是爸妈接送、爸妈参加家长会，还有爸妈送午餐到学校后，她平静的心里翻起了不平静的涟漪，从此觉得自己差人一等。

第一次家长会，她微信给妈妈，期望爸妈能有一个人回来参加。妈妈回复："从广东来回一次，路费要上千块，耽误两天时间要扣工资，只为给你开个家长会，丢几千块钱，多不划算！以往都是爷爷去参加家长会，还是叫你爷爷来开吧，听话啊。"

小鱼儿不高兴了，也没叫爷爷来开会，她心疼爷爷，年纪大了，从乡下坐公共汽车太折腾身体吃不消。高一上学期期末考试，成绩下滑了四十多名。班主任叫来小鱼儿，说叫你爸妈明天来校，我要和你父母谈谈。小鱼儿低声说都在外打工，班主任要来电话后，给小鱼儿的妈妈通了电话，劝她妈妈：

"打工挣钱要紧，孩子上学、心理成长更要紧！你家小鱼儿原先成绩好，性格又开朗，这一两个月明显退步，也不大爱说话了，做家长的可要注意。"

妈妈被老师教训了，加之小鱼儿成绩又退步了，心里老大不舒服，立即打电话把小鱼儿训了一顿，最后答应小鱼儿春节回家时去学校接她回家过年。

疫情暴发，困在家里无钱可挣的爸妈，心情郁闷，与小鱼儿也没有多少话语交流，更谈不上辅导作业。当政府第一批农民工返工的通知下来后，小鱼儿的爸妈迅速申请办妥手续，第一批返岗。临走前的头晚，小鱼儿低头靠在门边，对妈妈说：

"妈，你能不能迟点出去，让爸一个人先去，我想等疫情稳定可以上学了，你送我去上学，你再出去行不？"

"那怎么行？你怎么这么傻，几个月没干活了，一点收入都没有，还要我等你上学再出去，全家人喝西北风呀？"

爸妈走后，小鱼儿成天把自己关在房里，听网课的时候，老是想着开学的那一天，同学们都是爸爸妈妈开心、亲热地送来，兴冲冲的；而自己孤独一人，背着大书包，又累又乏，无人知晓。

终于熬到了要开学的前夜，小鱼儿在草稿纸上写下了给爷爷奶奶、爸爸妈妈的话，感谢爷爷奶奶的抚育之恩，希望爸爸妈妈可以挣更多更多的钱，养爷爷奶奶，建新房子。

在绀石水库那个成片的绿草坪上，小鱼儿放下自己的书包，认真地叠好那两页草稿纸和明天要带到学校的几本书，拿起，又轻轻地放下。

晚霞沉到山那边，水库大堤边的水面，漾起一大朵的白花。一个鱼儿沉了下去，夜色暗了下来。有山风在呜咽。

2020 年 8 月 8 日写于流眄斋

寒梅

　　寒梅无奈的语气和眼神一直徘徊在我的眼前。对于因病而瘫痪九年之久的女人来说，家庭与爱情，到底要哪个？

　　"我知道他在外面有女人了，就是村里叫晓华的那个女人。他去年说找个人回来料理我，我不要。他就在那之前的一年多时间里变心了。"

　　寒梅是我驻点帮扶贫困户的女主人。九年前，突然的头疼脑热后，大脑萎缩导致下肢无力，问诊花光了所有的积蓄，终究余生与轮椅为伴。不仅如此，说话也不是很顺当了，每当她想表达一个什么意愿时，说的人吃力，听的人也吃力。

　　"头几年他对我很好，他出去给一个地面砖的店送货挣钱，有时候怕我一个人在家憋得慌，还把我抱上他的三轮车，陪着他一起送货。

　　"他每天早上起来，准备好我的早餐和中餐，才出门。晚上回来，他做饭，做家务，打扫卫生，你看我家里还是很干净的。"

　　她在说这些的时候，我四下看了看，干净的地板，整洁的桌面，墙面甚至都很洁净。大门外，新翻修的小院，花坛栽着月季、茶花、桂花树等，虽说不上雅致，但是对生活充满希望的感觉是能体会到的。

　　"大概是前年吧，他就不再爱我了。虽然他照样做家里的事，照样给钱让我管，照样照顾我，但是我知道他不再爱我了。他在外面有女人了。"

　　我笑了起来："你也无法见到他和别的女人在一起，他是不是在外面做事累了。再说你病的时间久了，久病床前无孝子呢，你不要疑心了。"

　　她把头摇得很重，说道："爱不爱，我晓得的；爱不爱，我晓得的。"

　　去年三月份开始，寒梅的男人就公开与村东头的晓华好上了。全村人除了寒梅，除了晓华的男人不知道，其他人都知道他们的事。晓华的男人过完年，就去深圳打工了。一个留守妇女，一个八九年守着瘫痪老婆的男人，干柴烈火，晓华很快就怀孕了。

寒梅的男人有一部智能手机，会发微信朋友圈。他经常更新动态，俨然新婚燕尔，"今天太好了""宝宝会隔着肚皮动了""宝宝一天天变大了"……有他微信的村干部，多次提醒他收敛点，不要太过分了，而他，似乎沦陷其中，不能自拔。

直至有人电话告诉了晓华的男人。

在寒梅的院子里，一个大清早，就是晓华的男人下火车回家的那天早上，晓华的男人与寒梅的男人大打出手，后来晓华男人的哥哥也过来打。三个男人在厮打，寒梅推着轮椅出来，心如死灰，目睹了这一切。

有七个月身孕的晓华被逼引产，寒梅的男人发朋友圈，一整屏的大哭图片。他是爱上了、也深爱了，他给三个月的时间让晓华离婚，然后计划把晓华娶回家，照顾寒梅照顾他。

寒梅冷冷地对着她的男人。

男人说："我一个人照顾你，又要养家，太累了，我要把晓华娶回来照顾你。"寒梅只是死死摇头。

"都八九年了，我也是个正常的男人，我不在外面乱搞。把晓华娶回来，你放心，我和晓华保证对你好。"寒梅还是死死摇头。

"我求你答应我，你不要太自私了，好吗？"

寒梅听到这里，再也忍不住了，放声大哭起来，边哭边嚷：

"你把她娶回家，我算什么？孩子们回来是叫我妈还是叫她妈？你把她娶回来，我晚上睡哪里？我不要人照顾！我只要你的人，不要你的心！

"你要是再逼我，我就撞死算了！"

寒梅的男人再也没有在寒梅的面前提及此事。每隔几天，男人照样把挣的钱交给寒梅，目光闪烁着，冷漠的举止让寒梅觉得分外生疏。寒梅难过极了。

我劝她，与其这样痛苦，你不如让他把晓华娶回来，反正他总是和她在一起了，这样还有两个人照顾你呀。

"我不，我就不！他在外面鬼混，我看不见。晓华如果来我家住，他们双栖双飞，我不如死了算了。何况，我守在家里，在外打工的女儿回来，有一个完整的家。我宁愿他在外面乱混。我反正是得不到他的心了。"

人与心，家庭与爱情到底哪个重要呢？

2019 年 2 月 26 日写于家中

黑芝麻花卷

那个周四晚上下班后，小木和几个小伙伴在亚贸底楼夜宵时，瞄着对面台前各式精美的蛋糕，突然就想到了外婆做的黑芝麻花卷。

小木好久没吃外婆做的黑芝麻花卷了。小时候，母亲把小木送至住在农村的外婆家过暑假，外婆隔上几天，就会炒黑芝麻、揉面，蒸上一笼黑芝麻花卷。隔壁家的那个小雨，和小木差不多年纪，不知沾小木的光吃了多少回黑芝麻花卷呢。

小木自大学毕业在省城上班后，回家看父母的次数不是很多，见外婆的次数更少了。两个年头了，只有过年时去看外婆，当时外婆还专门做了花卷，小木一口气吃了三个。

小木想，这个周末，正好排上了双休，一定要回去看父母，一定要去外婆家，让外婆蒸上一笼黑芝麻花卷，美美地吃上几个，解解馋。

想到此，小木拿出手机，发微信给妈妈："妈，我周五下午回家，叫外婆蒸黑芝麻花卷，我要吃！"

妈妈速度回信："有你吃的，小馋猫！"

小木坐在回家的大巴上，看着窗外田畴间绿意浓浓，眼前浮现出在外婆家过暑假的情形。

外婆家在农村，暑假期正是农忙季节。外婆没有更多的零食给小木吃，就变着花招做好吃的给小木当零食。黑芝麻花卷是外婆的拿手绝活，塆里的媳妇儿、大妈们都会做，但是就数外婆做的最好吃，外形最好看。那一层一层叠好的花卷上，密密的黑芝麻均匀地缀在其间，有时候是小老鼠，有时候是青蛙，有时候是一朵小花，有时候是一个字，各种好看的样子，小木总是爱不释手。刚出笼的花卷，口感松软、香甜；搁凉的花卷，嚼起来劲道，甜味更是隽永，相比起来，小木更爱吃搁凉了的花卷。

小木想起自己小时候的馋样子，不由自主地笑出了声。外婆用木筒把炒熟的黑芝麻捣碎的时候，浓浓的芝麻香总是诱得小木趴在桌子边，用小手指着黑芝麻，涎水快流到嘴巴边了，说："外婆，我要吃这个。"外婆总是慈爱地说："傻小木，外婆就是做给你吃的呀，等一下就好了。"黑芝麻捣碎后，外婆用一个碗装上，加上几勺白糖拌匀，用一个小碟子装几勺给小木吃，其余的则揉进面里做花卷。外婆使劲地揉面、小木甜滋滋地吃，等花卷快蒸熟的时候，小木也把小碟子里的黑芝麻糖用舌头舔个精光了。花卷蒸好了，外婆就让小木喊小雨一起过来吃，俩小孩子一人拿一个，边吃边打闹，小木觉得再没有其他的东西比外婆做的花卷更好吃了。

小木拿着手机翻看朋友圈，见有同事、同学在晒假期游花海、逛山景的照片，个个十分惬意的样子，小木想道：这些怎比得上小时候在外婆家玩得嗨呢。

那时候，外婆要下地干活，就揣一个花卷，用干净的布包好放进口袋，小木在田头地边疯玩饿了，外婆就从口袋里拿出花卷，让小木吃饱，外婆则继续干自己的农活。小木和小雨总是穿过一条又一条田埂，任四野绿色的风吹着，穿着凉鞋的脚踩着带有露水的青草，凉凉的感觉让小木兴奋不已。采刺莲藕吃，采酸泡吃，捉小虫子玩，扯毛狗草（方言，即狗尾草）编小手环，甚至看见一只不知名的大鸟在天上飞，俩小孩也跟着去追赶。玩累了，就骑马样地坐在一棵大树的树杈上，听鸟鸣虫叫。头顶树叶荫浓，轻风习习吹过，只一会儿，玩疲了的俩小孩就睡着了。多半时候，做完农活的外婆会唤外公一起，把睡着的小木和小雨抱回家。

一声"进站了，请旅客下车"的喇叭声，把小木从回忆中惊起。"妈，我马上到家啦！外婆的花卷蒸好没有呀？爱你的小馋猫。"小木微信给妈妈。

小木兴奋地推开家门，只见妈妈和外婆坐在沙发上，茶几上一个精致的玻璃盘上，摆着几个栩栩如生的青蛙、小羊、小老鼠样的黑芝麻花卷。

小木背包都没有放，更不用说洗手了，就抢拿一个"小羊"花卷塞进嘴里。

外婆说："还是这么馋，傻孩子。这可是小雨做的，外婆现在做不动啦。她现在专门做黑芝麻花卷卖，生意好得不得了。她没钱上大学，可现在也会赚钱，不比你上班差了呢！"

"小雨做的？真是棒，她在哪儿，我要去看她！"

妈妈说："她忙着呢。这天气热，人都懒，不想做晚餐，每天下午她要做上千个才能供应得上。明天你再去看她吧。来，再吃一个"小老鼠"，小馋猫。"

小木挤进妈妈和外婆的中间，咬着"小老鼠"，甜甜地都要融化了。

写于 2018 年 5 月 18 日

回馈

自从迷上网购，成为网购达人后，小凡家里的包装纸壳子就骤然多了起来。没购买车库以前，小凡总是将这些纸壳子折叠整齐，和订阅的报纸一起码好，堆放在阳台一个角落里，聚集得差不多够卖的时候，等收破烂的人上来收购。多则可以卖得二十来块，大半的时候都是十块左右。钱多钱少不是目的，小凡收获的是一种干净整洁和小有收获的乐趣。

随着大前年小凡父母入住小区新房和车库的购买，小凡就将这些包装的纸壳子，带进车库一角堆放，待聚集得差不多的时候，小凡父亲就找几根带子和一根木棍，把整理好的纸壳子包扎好，送到废品回收站，多的时候可以卖三十来块，大半的时候也有二十来块。小凡父亲不至于太无聊，从中找回了往日在家里耕作的乐趣。

直到有一日，小凡遇到了小区的清洁工。

那是一个中午上班的时间，小凡带着一周来网购得到的纸壳子，噔噔噔地从六楼下来。在二楼楼道的拐角处，一个似小区清洁工的女人正在用抹布擦楼梯扶手。她看见小凡，微笑着打招呼："上班啦！"小凡说："是呀。"然后避开她准备快速下楼。

小凡手里的纸壳子体积很大，有点挡路。清洁工看到了小凡手里拿的东西，连忙停下手里的动作，说：

"这纸壳子是带出去丢的吧，这么重，你给我，我等一下带下去，反正我是做卫生的。"

小凡一愣，随即说："哦，我是带到车库里放的，不是丢的。"

她听到这里，立马继续做她的清洁，有点失望地说："那算了，我以为你是带下去丢的。"

隔了几日，小凡下班后陪父母散步。聊起这些时日小区的清洁比往日有很大的改观，母亲说："你还不知道啊？是你住的那个单元五楼一个女的做的。她最近到小区物业要求做清洁工，都60岁了，但身体看着还可以。物业起先不同意，后来禁不住她的苦求，就同意了。"

小凡说："怪不得前几天看见一个清洁工，看起来好面熟，原来是同一个单元的住户。那为什么这么大年纪了，还要做清洁工呢？家里孩子不养她吗？"

小凡母亲说："她儿子儿媳原先在江浙打工，孙子要上学，她就从农村老家住进县城儿子的家，专门接送孙子上学。去年儿子打工期间，出了工伤，不幸瘫痪，工地赔得又少，听说儿媳妇也离婚了，家养不起了啊，真是苦命。"

小凡说："所以她就边做清洁工，边接送孙子上学，边照料瘫痪的儿子？"

小凡父亲长叹一声，道："世事总是那么难料啊。所以人活着，只要平安就是福。"

再后来，小凡又像往日一样，把纸壳子折叠整齐，与报纸一起码在阳台一角。待差不多有厚厚一沓的时候，碰到那个清洁工在楼道做卫生，就喊她帮忙把纸壳子带下去丢了，还有点遮掩地抱怨："太重了，我拿不动，要你费力了。"

她立即很兴奋地答应，帮小凡把码好的纸壳子拿到正在做卫生的那一层楼道，然后说："你先去上班啊，我把楼道卫生做完了，就带下去丢了。"

小凡乐滋滋的，像做了一件好事一样，噔噔噔地快速下楼去车库取车上班，一天的心情愉悦极了。

有一天，小凡正在整理纸壳子和报纸，继续做着自己心里乐呵的事，准备去喊楼道做卫生的清洁工时，清洁工却来敲门了。她提着一大袋子新鲜的豆角、黄瓜、茄子、辣椒等，对小凡说："家里老头子种的，没有打农药，今早才送来的，给你吃啊，不好意思，都是农村的一些不值钱的东西。"

小凡双手接过，高兴地说："我可爱吃了，谢谢你啊，这些没打农药的菜，菜场可是很难买到的。好喜欢。"立即放在客厅一边，跑至阳台抱出一大摞纸壳子和报纸，对清洁工说："这个还要你帮忙带下去丢了。"

写于 2017 年 8 月 9 日

祸

"天意啊，天意如此！"

王磊垂头丧气地推开家门，他的父亲老王正坐在沙发上。当知道王磊把四套因拆迁而获的房子，卖了三套得款 200 万元，终于还清车祸赔款，生活重归于平静后，老王长叹一声，说了以上的话，便回到自己的房间睡了。

王磊原来的家其实离城里很有些距离，充其量也只能算是个边缘线的郊区。在新开发区建设之前，一个独立的农家小院，简易的两层楼房，几畦菜地，一大丛水竹在小院一隅，别有洞天。老父亲守在家里，王磊夫妻在城里建筑工地打工，俩孩子上中学，一家五口人，虽算不上小富生活，但离小康也差不多少，老王还经常用自家养的土鸡土鸡蛋，自家种的时令蔬菜，加上小酒佐餐，惬意自得。

这种平静的生活，在四年前的一个春天，被王磊无由来地打破了。

王磊不顾老王的劝阻，也不和老王多解释，就请人挖掉那丛水竹，平整了一畦菜地。拓宽后，叫人建了近一百平方米的简易红砖房，做成厨房、餐厅、杂物间；还用简易的材料将自家的楼房加了一层，新建的及原来的老房子都重新粉刷和简易装修。王磊对老王的解释是，两个儿子快要长大了，趁手头有点闲钱备下来，将来他们成家还要用钱，闲时办好忙时用。

冬去春来，市里新建开发区的隆隆号角，震到老王的耳朵里时，老王才知道王磊为儿子成家提前做准备的幌子下得别有用心了。

"王磊，你个臭小子，你怎么知道市里要拆迁建什么开发区的？"

"我要是不知道，像你一样死守着，我会有我们家的滚滚财源吗？"

当征收房屋工作队队员，逐一丈量王磊家的建筑面积，细致测算置换的房子数量和面积以及装修的补偿时，老王发现，因去春儿子的扩建和装修，竟多出两套一百多平方米的房屋置换及几十万元的装修补偿时，老王忧心忡忡地质问儿子，是不是做得太不应该了。

"这占便宜的事，我们做得好吗？不属于自己的非分之财，可是不好得的！"

"那又有什么，千年难遇一回！该我遇上了，就是我的！"

"你别以为是你自己该得的，我总觉得这样得来的钱财不踏实，你看着吧，这钱是祸害！"

当老王随儿子住进置换的七楼住房时，老王气哼哼地说："要这么多的房子和钱做什么！养不成鸡、种不成菜，成天在高楼里住着，见不到土地见不到大朵大朵的云，不知到底有什么好？"

王磊从一个打工的变成拥有 4 套住房和 80 万元现金的小富之人了。王磊好歹在城里打过多年的工，见识与做人还算踏实，知道这点钱在现今不算什么，只是买了一辆车，考了驾照，不在工地做活时，还带着老婆自驾短程游。其他的钱及房子都留着，实打实地为两个儿子备下了。

又一个春天来的时候，王磊经不住老婆的多次要求，在工地请了一天假，驾车去邻市一个颇有盛名的百花园基地看花赏景。

娇艳的樱花、妖媚的海棠真是美啊。王磊与老婆在花海里拍照、发朋友圈，留言：生活真他妈的美好，我们真他妈的幸福。老婆调侃王磊，没文化真可怕，连拍个花发个照片也他妈的。

而祸就在返程中降临。一个房屋转弯处，王磊的老婆正拿着手机对王磊说朋友圈好多赞时，前方一对母子骤地从房子那边走来，王磊慌乱中油门当刹车，母子倒地，前方两辆车直接擦撞而过，直到撞到前方路边一电线杆才把车撞停。

王磊是个实诚人，他叫老婆快报警。一死三伤，另有两辆车子受损，王磊全责。念及认错态度好，报警及时主动，受祸方只求金钱赔偿，幸运的是王磊及老婆竟然只是一点皮外伤。

一念之差，大祸临头。一切重归原形。

王磊对着老王说："当初你为何不制止我？"

老王说："我怎么知道要建什么开发区？真是无聊。"

写于 2018 年 9 月 8 日

将就

"离婚，我们！这日子实在过不下去了。"

公公去世一年多，红兵第三次醉酒后打蜜，让蜜的左眼角瞬间肿成一块烂苹果，蜜没有像以往那样大哭大闹，而是面无表情地像看着一个陌生人一样，一字一句地朝着红兵说。

"是你说的要离婚！我离了还可以找个黄花大闺女，生个儿子，而你——哪个男人还要你呀！马上就去办手续！"

这是一个周末的傍晚，蜜做好了晚饭左等右等、打电话给老公红兵也不接后，一个人就吃了饭，正在收拾碗筷、整理厨房，准备等一下出去散步锻炼。突然，喝醉了酒的红兵，重重的、咣当一声推开家门，鞋都不换就一头倒进客厅的沙发，然后指着正在厨房的蜜大声地要水喝。

蜜也大声说："不见我正在忙！你又跑到哪里喝酒，不回来吃饭也不说一声，要喝水自己倒！"

红兵突然一起身，踉跄着跑到蜜跟前，右手狠狠地抽在蜜的左眼角上。"女人不听话！欠打是吧！敢不给老子倒水喝，让你尝尝老子的厉害！"

"你疯了？张红兵！你竟然又打我！"

"我就是要打你！他们不仅都有儿子，还他妈的发财有钱。就是你这个女人跟了我，不生儿子也不会赚钱！"

蜜听到红兵说这些，就知道他又是和哪几个人在一起喝酒了。这几个人，做木材生意，早就生了老二甚至老三了，当时的计划生育政策对于他们而言就是交罚款，而他们有足够多的钱，甘愿接受政府处罚。

面无表情的蜜，转过身进入洗手间，当对着洗面台前的镜子，脑子里掠过刚才的一幕时，再也忍不住内心极度的痛苦，泪水狂奔而出。蜜拼命忍住抽泣声，让泪水肆意洗刷着光洁的面孔。然后打开水龙头，用双手不停地接冷水冲洗脸面，自来水、泪水还有鼻涕，一时之间混淆了蜜的视线。

蜜扯过自己洗脸的毛巾，紧紧捂住脸，心里翻江倒海，一个强烈的念头在冲击着大脑：这次一定要离婚，我就是不生二胎儿子，我不能再将就下去了，为了女儿有个完整的家，已将就快二十年了！二十年，我的人生还能有几个二十年？！

蜜的头又习惯性地疼痛起来了。因为生的是女儿，重男轻女的公公婆婆，甚至老公红兵都没有好好地照顾坐月子的蜜，月子里的蜜偷偷哭过几场，从此落下了只要受一点刺激就会头疼的月子病。蜜赶紧把毛巾挂好，出去拿风油精搽太阳穴。

客厅里的红兵已斜躺在沙发上呼呼大睡了。只见他的脸呈猪肝色，一件灰色的T恤胡乱地套在有突出肚腩的上身，呼出的酒气直扑向蜜。蜜的头更疼了。

前些年，蜜的公公得上老年痴呆，作为唯一的儿子的红兵把公公从农村老家接到自己的家里住。一生盼着有个孙子的公公临去世前突然拉着蜜的手要孙子，公公喃喃自语："我的孙子呢，我的孙子呢？"

蜜曾经有过冒着被开除公职生二胎儿子的经历，怀了一胎偷偷B超检查是女儿后被逼着流了。那次以后，蜜感觉自己就是一个传宗接代的机器，心伤透了。在家里，没有管住老公的钱，结婚以来，红兵工资卡一直没给她；没有生儿子，一个好端端的身体竟落下月子病，红兵嘘寒问暖的照顾几乎没有。而这个县城里，几乎家家都是女人在管钱，老公红兵的做法让蜜多么的心寒。那时工资都不高，蜜的工资除去家用、女儿开销外，所剩不多，想给自己和女儿添衣服、买化妆品，找红兵要钱，红兵总是一句话："叫你生二胎儿子你不生，没钱！"

搽了点风油精后，头疼缓和了些。可是左眼角的红肿处因风油精刺激火烧火燎的疼。窗外，天已经黑透了，蜜绕过红兵准备到房间去拿衣服洗澡睡觉，没想到红兵伸手拉住了蜜，连声说："老婆，对不起，刚才不该打你，我是昨晚上梦见了父亲，问要孙子。晚上几个哥们儿一起喝酒，他们又笑话我，说哪个哪个都偷偷地生了两个、三个孩子。我错了，老婆！"

"我不要道歉，你每次都这样！上次在我父母家里，你打我一巴掌还没几个月，这次又打我！今后不一定你还会打我多少次。我不会原谅你的。没有什么好说的，下周一去办离婚手续。"

蜜坚决地掰开红兵的手，心里出奇的平静，似乎先前的被打被骂已烟消云散了。

"那你要怎样才原谅我？我保证再也不打你了，我们既不会再要生儿子，女儿也上大学了，我们三个人一个家好好过。"

蜜说："三个人的家？你把它当成家了吗？你的工资一个人用，哪个家里不是女人管钱？除非你现在把工资卡交我管。"

红兵从钱包里拿出两张卡交给蜜，说："都给你！一张是我的工资卡，一张卡是这么多年来给未来儿子存下的 20 万，密码一张是你的生日，一张是女儿的生日。求你了，这样行吗？"

突然，蜜的手机响了起来，是上大学的女儿打来的电话。

"妈妈，周末啦，明天一大早我坐同学爸爸的便车回来看你和爸爸。我想你们了！你叫爸爸接电话。"

蜜把手机交给红兵，手里拿着两张卡，心里有一种说不出口的酸楚。蜜心里对着自己说："将就着过吧。你早已不属于自己了，女儿、老公，以及故去的公公婆婆，你全都离不开了。不离总算还有个家可以将就，离了住哪儿，女儿跟谁过？你一中年妇女，虽不是年老色衰，但无貌无才又无谋生本领，仅一份固定的工作每月有一份工资养活自己。况且红兵平时也没有打我，只是喝醉了打我，酒醒后还给我道歉，现在工资卡、存款都给我了，我还要怎样呢？"

周末，蜜带着女儿拿着红兵给的卡，到城里最大的超市闲逛、购物。蜜左眼角的红肿已然消散，女儿也压根儿没有发觉爸妈吵架过。

写于 2017 年 6 月 3 日

毛狗草

周末的一天，春风轻拂，阳光正好。林儿从朋友圈里得知百草园的早樱、玉兰、海棠等花儿都开了，早饭后便驾车带着父母去踏春赏花。

百草园里，果真是群芳斗艳，百花齐放。只见粉红的早樱、紫红的玉兰、玫红的海棠，各自妖娆缤纷，整个百草园成了一片花的海洋。

在一处休闲的绿地凉椅上，林儿拿出带来的茶水给父母喝。林儿蹲在凉椅边递水给父亲时，身后的一丛毛狗草（方言，即狗尾草）蹭着林儿的手，痒痒的。林儿扯下几根，束在一起，对着太阳，看着狗尾巴似的草微微低着头，自言自语道，在这满园的花海中，这毛狗草显得多么的不起眼啊。父亲说："林儿不要小看它，当年多亏了它，不然的话，你的额头可就要留疤啰。"

林儿说："我怎么不知道呢？我的额头好好的呀！"

林儿的父亲笑着，比画着说："你当时那么丁点小，肯定不记得了。今天我把这个故事讲给你听吧，说不定以后着急时用得着呢！

"那年腊月二十，傍晚时分，天说黑就黑了。暮色很快从村里四周升起，炊烟在一户户青色的瓦顶农舍袅袅飘散。

"我从田里挖回满满一担山药，打算第二天早上赶早，挑到街上去卖，换些钱置办点年货，给你买过年的新衣服。

"我进到家来，只见你奶奶和妈妈正在用石磨磨豆腐。你奶奶在石磨边用舀子添加已经浸泡好的黄豆，你妈推着磨手，一圈又一圈地推磨，浓浓的豆浆顺着石磨的边沿，往下'滴答、滴答'地滴向放在石磨下的大木盆。

"才一岁半的你，正靠在饭桌边的方凳上玩纸板（用硬纸做成的各种正方形板块），你见我回来了，兴奋地丢下手里的纸板，奔向我。

"你那个时候走路还不够稳呢。你歪歪跌跌的，一个趔趄就把脚边一个装满炭火的烘炉撞翻，明火烫上你的额头，你一下子撕心裂肺地号啕大哭起来。

"你惊天的大哭，把一家人吓坏了。你妈抱着你直掉泪，你奶奶心肝宝贝的哄着你，你仍是大声地哭着，那哭声把我们心急痛了。只见你额头烫起了几个大大的水泡，小小的脸蛋通红通红的。

"我站在旁边急得团团转，怎么办，怎么办，我女儿怎么办？

"突然地，我想起了四组本家细爷家有个偏方，不管有没有用，我要去拿来试一试。为了我女儿，没用也要当着有用的事去办！

"我拿起门口边的一把铁叉防身，冲进漆黑的夜里。几乎是跑着到了四里开外的细爷家，腊月里天冷，他们都睡到床上了。

"细爷打开门，我顾不上寒暄，就冒着粗气，敞开棉袄，裹着一身的热气，直接往他家倒楼里奔去。我边走边说：'细爷，我女儿林儿烫着了，快把你晒干的毛狗草给我救急！'

"细爷说：'三来，你这个精灵鬼，你怎么知道我有这个秘方？全村里可没有第二个人知道的啊。'

"我说：'你忘了上次在你家吃饭，我看到你把毛狗草捆好挂起来，我缠着你问，你一直不说，我买了一包烟给你，你才给我说的？'

"细爷说：'你真是个有心人啊，人家说你疼女儿，可真是一点都不假。你赶紧拿点回去，用它蘸香油轻轻地刷在水泡上，会很快地止痛消泡，还没有疤痕的！不够再来拿啊。'"

听到这里，林儿举起手里的毛狗草，问父亲："你就是用它蘸香油诊好了我的烫伤，还没有留下疤痕吗？"

林儿的父亲重重地点一下头说："它真是有效，用它蘸香油刷上去，你一下就不哭了。你不哭你妈也不哭了，然后过几天就好了。"

"这么神奇的草啊！"

林儿的母亲说："你奶奶当时埋怨我只晓得哭，什么事都不晓得做，说还是她儿子三来晓得心疼人，事事留心呢。换了别人，还不知怎么回事呢！"

林儿的父亲说："唉，天下的父母都是一样的，哪个父母不心疼儿女呀。

我只是爱留意多留心，凡事长一个心眼儿而已。不过说起疼女儿，我还真是被塆里人夸。林儿你记不记得你小时候去外婆家拜年，要爬山路，我总是让你骑坐在我的脖子上啊。你记不记得小时候，你最爱我给你洗脚，晚上最爱我给你讲故事啊？"

林儿手里拿着毛狗草，听着父母讲的故事，陡地觉得这满园的花儿，虽是美艳无比，却也抵不过这毛狗草的实用救急，它曾拯救过一个小女孩的花样年华哩。

写于 2018 年 3 月 21 日

美好

2017 年最后的一个工作日，下班时分。

密密的雨脚，骤然而至，它裹着风挟着冷气踹向急急归家的车流。彤云驾着车从单位大院出来，左拐个弯，即熟练地把车融入了左拐的车道。

暮色渐渐四起，街上行人很少，冷雨把人都逼进了密匝匝的车流里。

蓦地，彤云发现前方的人行道上，一个穿着朴素的年轻女子，牵着一个四五岁的小男孩，毫无遮挡地疾步前行。尽管有人行道上树身的遮掩，俩人的身上还是有淋湿的痕迹。

彤云想，这样的天气，大人淋雨挨冻好说，可孩子这么娇嫩，抵抗力差，这怎么行？感冒了，发烧咳嗽可要挠心了！

在红绿灯路口等红灯时，彤云摇下车窗，对着人行道上的俩人，大声喊道："小朋友，快和你妈上车吧，我们是一个小区的，我带你们回去！"

小男孩没有一丝的犹豫，眼里闪过兴奋的光彩，即拉着女子的手，一同来到彤云的车边。

"妈妈，阿姨说是一个小区的，我们上车坐阿姨的车回去吧！"

彤云使劲地点头，并向年轻的女子使了个眼色，随手打开车门，娘俩就坐在车后座上了。

"阿姨，你真好看。我是泰安小区 F 栋的，阿姨是哪一栋的？"

"啊，这样啊，我是 A 栋的。谢谢小朋友夸奖，阿姨真开心。坐好啦，很快就到家啦！"

彤云支吾着答道。泰安小区她知道，在自家小区的前面，还有一段距离。

彤云侧头看过去，年轻的女子正拿着纸巾仔细地擦着孩子脸上、头发上的雨水，一直没有说话。彤云想，怎么回事？大人不说话，到底是不是泰安小区的呢？

"小朋友，你不怕阿姨是坏人吗，敢上阿姨的车？"

"奶奶说了，这大街上没有坏人，坏人都在黑暗的角落里。阿姨好看，肯定不是坏人！"

……

"阿姨，我妈妈她因为生过大病，听不见，阿姨不要怪妈妈不说话！"

彤云听到这里，大吃一惊，头又侧向后排，见女子一手把孩子揽在自己的怀里，一手轻轻撩着自己额头的刘海，一张姣好干净的脸庞，含着微微笑意，因车内暖气蒸腾，生发出动人的光泽。

"没事的，小朋友，阿姨喜欢你更喜欢你妈妈，马上到小区，马上到家啦！"

街上的路灯、高楼大厦上的霓虹灯，在车流两侧次第亮起来了，五彩缤纷的光芒闪烁着彤云的视线，彤云一下子想起也是这样一个华灯初上的夜晚，她以自己的微笑换来陌生的南京城的哥无偿帮助的故事。

那是几年前的一个夏天，彤云因公到江苏溧阳去参加一个培训，中途在南京转车，长途汽车下车时，已晚上七点多了。举目四望，第一次到南京的彤云竟不知所措，是去哪里住下来，还是去车站倒车，毫无头绪。慌乱中招手叫停一的士，坐在副驾驶位置上。后来想想，彤云并没有刻意粉饰自己的言行，只是以惯有的微笑态度和的哥交流。的哥把彤云送至离第二天早上乘车最近的酒店后说："你是我见过的最爱笑、心地最阳光的女子，见到你是我今天最大的收获，不收你钱啦！"

彤云至今都弄不明白，自己的爱笑和阳光的个性，为何能有这么大的能耐。

"奶奶，奶奶拿着雨伞接我们来了！妈妈！"小男孩兴奋的声音打断了彤云的思绪。只见左前方一个岔路口上，站着一位老人，撑着雨伞，焦急地张望。

"阿姨，谢谢你，谢谢你带我们回家！"

　　小男孩伸出胖乎乎暖融融的双手，起身抱向驾驶座上彤云的脸，顺势把自己肉嘟嘟的小脸蛋儿也蹭了过来。陡地，一种美好的感觉从彤云的心底里柔柔地升起。

　　彤云觉得此刻的感觉，是今天最大的收获，亦是一年来最大的收获了。

写于 2017 年 12 月 30 日

秒杀

那天下午某一个时刻，木犀的手机微信里突然就多了一个群，群主是木犀经常做皮肤护理的"天天白"美容院老板娘阿晓，群名叫作"即刻美白秒杀群"。群成员从木犀进来时的十几个，一直噌噌地上涨，到了差不多三百个的时候，阿晓带着"天天白"的几个员工轮流发起红包来。

群里似乎伸出几百只手，以秒计算的速度瓜分着几十个红包。"发红包的都是美女""发红包的老板发大财""发红包的美女生龙凤胎"等语言及图片，把整个群瞬间就闹沸了。

红包雨停，阿晓开始发公告了：

有种"美白"叫"即刻美白"，有种"改变"叫"健康养肤"，有种"承诺"叫"完美改善"。

今晚8点半，原价588元的套餐特价38元，幸运秒杀"即刻美白"！你准备好了吗？

公告一发，阿晓的员工纷纷语音加图片介绍"即刻美白"产品。一轮又一轮的介绍，使木犀觉得使用"即刻美白"后，每个女子都摇身一变，肤白貌美了。

木犀不太相信能有即刻美白的东西。平时去做皮肤护理，也是做最基础的护肤产品，因为自己的皮肤本身就白。对这些促销式的秒杀，她抱着试试看的心态观望。反正也只三十多块钱，不贵，阿晓及她的员工平时待木犀也不错。不管产品效果到底如何，木犀肯定是会秒杀的。

一会儿，阿晓又发话了，"马上摇骰子摇奖啦，群里比我摇的点子多的前三名，每人送一次免费护理。"这一轮，阿晓摇出的是两点，木犀第三个摇的，三点，获得了一次免费皮肤护理的奖励。第四轮，阿晓用"锤子剪刀手"发福利，她出的是手掌，出剪刀的前三名每人获赠一盒面膜。木犀又幸运地以第二名的身份获得了一盒面膜的奖励。

不知道过了多少轮的福利派送，也不知道多少人获得了福利，反正8点半一过，只见阿晓及她的员工发至群里秒杀付款38元的截图成群结队，刷屏刷得眼睛都看花了。

"一人限秒杀一套！九点半准时秒杀结束，还有时间哦，快快抓住机会，机会不是每天都有的！"

木犀看了一会儿，心想：今晚我手气好，获得的奖励早就不止38元了。

又是一轮红包雨，木犀抢了几次都空了后，就丢下手机，做家务去了。

第二晚、第三晚，群里继续秒杀，群成员达到五百。

约过了一个多星期，阿晓群公告：下个星期五、六、日三天，"即刻美白"美容师从广东飞来，各位美女预约哦！即刻美白，让你又美又白！

木犀于周日的中午去"天天白"美容院，阿晓笑意盈盈地打过招呼后，即安排一位陌生的美容师给她做"即刻美白"产品。阿晓对木犀说："这是广东来的总监哦，你好有幸呢，你皮肤基础好，使用本产品后保证更好！"

木犀刚刚吃完中饭，一躺上护理床，瞌睡虫就附体了，总监柔软的手及娴熟的手法让她舒适得更加瞌睡了。

迷糊中，木犀突然听到总监说她鼻梁处有黑斑隐隐而现。爱面子的木犀从来没有见过自己的脸上有黑斑，一下子惊醒了，忙问："是不是最近身体状况不佳才有的呀？"总监说："肯定是的，我们这款'即刻美白'产品，能将脸上的黑斑控制在皮肤内层，很好地提升肤色，你看今天都最后一天了，我们的产品都快完了，你要不要订一套？她们都是两套、三套的订呢。"

经常联系木犀的美容师不知何时也坐在木犀的一边了，笑着说："姐，订一套吧，你皮肤这么好，如果黑斑不控制让它长出来了，多可惜呀！一套才2988，刚刚才走的那个姐订了三套的。"

木犀心里感觉怪怪的：不是38元秒杀588元嘛，敢情你们秒杀的背后是在引诱我们上钩钓大鱼呀。

木犀想说这太贵了，又怕被广东来的人笑话自己穷气，更怕被阿晓她们说平时待你这么好，这么点小钱也不愿出，下次碰面怎么好意思。

见木犀一直没出声，总监说："这样吧，你不拿整套的，你就拿一个家居妆吧，才298元，你可以自己在家使用，效果好了以后，你再让阿晓给你预订。"

木犀在一秒钟之内就答应了她们，睡意全无地做完"即刻美白"产品后，店里美容师拿给她一盒面霜。木犀与笑意盈盈的阿晓打过招呼后，就顶着一张美白脸立马回家了。

而阿晓还隔着玻璃门对着木犀喊："我们下一季的秒杀也快要到了，不要错过哦。"

写于 2019 年 4 月 25 日

拼伙

一阵剧烈的头痛，让六十多岁的栗枝，终于忍不住拿起床头边的老年手机，长按"3"字键，拨通了老占头的电话。

"老占啦，我……我头痛得厉害，你能不能过来帮我看看？"

老占头的家，与栗枝的二层小楼相隔一个小山坡，步行只需十几分钟。老占头正准备洗脚上床睡觉，放下电话，就火急火燎地跑到了栗枝的家里。

"这是咋的了，白天在地里干活不是好好的吗？我看看，是不是受凉感冒了？"

老占头熟门熟路地在一楼收藏间找到干蕲艾叶，到厨房用电水壶烧了一壶艾叶水，到卫生间拿来泡脚的木桶，搬来一张木凳，扶起栗枝泡脚。

"赶紧的，泡一下艾叶水，一会儿就会好一些了。"

"你晚上吃的啥呢，老占？你今天的衣服洗了吗？留着我明天去给你洗。"栗枝边泡脚边有气无力地问老占头。

老占头手里拿着一条干毛巾，坐在栗枝旁边的一个矮凳子上说："一个人，简单，吃的青菜豆粑，打个鸡蛋，吃得饱。你没吃吧，要不要我给弄点吃的？"

老占头望着病恹恹的栗枝说："你还是搬到我家里住吧，或者我搬到你家里来住？这样有个三病两痛，相互照应方便些。不管畈下里人怎么嚼舌根，不管儿女们同意不同意，我领你明天去打结婚证，好不好？"

"不是说好了的，我们拼伙过日子，只相互照应，不住一起的吗？不要孩子们为难了。"

栗枝的丈夫生病去世已快十年了，膝下两个女儿，当时尚未出嫁，能干、漂亮的栗枝把家里家外收拾得整洁雅致，畈下里不知有多少人羡慕。可是男人离世，女儿外嫁，偌大的小楼只剩下她一个人进进出出。好在她性格开朗，田地里活儿不多，渐渐地倒也习惯了一个人的生活。

老占头的老婆五年前在一次车祸中丧生，两儿一女全都出息了，在大城市定居，也只是逢年过节才回到山区老家，与老占头团聚。

都住在北部山区的一个小组内，栗枝与老占头早就熟络。

前年，栗枝被镇上送到县里做免费白内障手术，老占头对栗枝说，"这是个小手术，要不，你不要通知你女儿，我在家也没事，我去照顾你？"

正常的白内障手术只需两三天就可出院，可栗枝做完手术后，出现水肿，一个星期才痊愈出院。

也就是在这一个星期的照顾中，栗枝同意让老占头把她的手机设置了快捷键，1、2分别是两个女儿的电话，3是老占头的电话。

"平时有啥不舒服，或有做不动的事儿，你长按这个3字，电话一通，我就来了。我们俩都一个人在家，相互有个照应，总比去养老院住着强吧！"

栗枝看着这个不论长相、身材还是做事干练劲，在畈下同辈里数一数二的男人，问他："你咋要对我这样的好？"

"我就是喜欢你的灵净劲儿，你比畈下别的女人精灵些、干净些。"

春节的时候，两家的孩子都回了。当两人分别对孩子提出想在一起过的时候，没有一个孩子同意他们在一起。他们都无法接受，有一个后爹、后妈，说自私点就是由照顾一个老人变成了要照顾两个老人。

栗枝的两个女儿说："要不您到我们姐妹家轮流住，我们照顾您。"老占头的大儿子在武汉，一儿一女上学正要人接送，"爸爸你要是嫌一个人孤单，您去我那儿住，正好帮我接送孩子上学"；女儿说"您要是觉得去两个哥哥家住不好，就到我家住吧，房子也够"。

栗枝说，我不习惯城市的生活，农村里有山有树有水空气好；老占头说，我把你们带大了培养你们出息了，我想在老家舒服舒服。

送走了孩子们，栗枝和老占头相约，拼伙过日子。即生活相互照应，但是不住在一起。没有特别大的事儿，不麻烦儿女。栗枝还单独说了一句，不许你老占对畈下别的女人动心思，只能对我一个人好。……两人几乎就是一对老夫老妻，没有任何秘密。

但是有一点，老占头与栗枝不一样，栗枝也不知道。老占头的老年手机快捷键，1字键设置的是栗枝的电话。

2021 年 3 月 6 日写于流眄斋

评审

下午两点半，《东城县土地志》评审会，如期在东城县土地局办公大楼五楼会议室举行。

十一位评委来自县内各个领域，他们是在志书编纂、历史人文、土地使用规划和志书编写等方面有研究的人员，有公认的志书编纂专家、年近七旬的上任县志办老主任老黄，现任的县志办陆副主任，县文化馆馆长老汪，以及部分作家、编辑。县城只这么大，评委们都相互认识，在会议开始前，他们热情地打着招呼，聊着久没联系的客套与家常。

老汪向老黄走过去热情地伸出双手："老主任，您亲自来了？把您请动了，这志书评审质量可非同一般了啊。"

老黄紧紧握住老汪的双手，哈哈一声大笑后说道："汪馆长过奖了，我一个退休老儿，无事消遣，哪有什么请不请的，今天是向你们专家学习来的。"

陆副主任说："黄主任，汪馆长，你们二位都是今天评审会的重要人物，你们的修改建议十分重要啊。"

老汪个性直率，对民间文学、东城县历史以及土地规划使用文化有较深的研究。他说："我还真有一些修改建议，这本志书看起来块头大，可是涉及我县土地变迁、城市土地规划历史、志书行文格式和语言，以及标点符号都有好多的错误，在我看来，这部志要修改的幅度有点大。"

评审正式开始后，主持人要求按照评委的座位次序，从其左手边开始，依次发言，每人发言时间不超过十五分钟。因为会议坐成一个圆桌形，老黄资历最老，被安排坐在主持人的左手边，第一个发言。

老黄负责志书内所有表格的审核。一百万字篇幅的志书，表格有 176 个之多，老黄从表头、表样的设计是否合理逐表分析，表格标识与内容是否匹配进行研判，还对照历年的《东城县统计年鉴》，核实表格数据的可靠性。老黄真不愧是行家里手，分析、点评了每一张表，最后指出整本志书有120张表需要推倒重来。

每个评委都进行了认真的准备，写了发言提纲；年纪大些的评委都写了详细的发言稿，指出的问题和建议都详细到了具体的页面、具体事项，有的还提出了具体的修改路径。每个评委发言完，都极为负责任地把修改样稿及修改提纲交给了主持人。

轮到陆副主任发言时，已到了下午五点半。

"时间也不早了，本来我不想多说，我修改的内容已在每一页上都作了提示。但是听了各位评委认真、严肃的发言，特别是老领导黄主任，认真敬业、精益求精的精神令人敬佩，每张表的数据，都核查了每年的统计年鉴。我作为现任的县志办参与评审人员，应该向老主任学习，端正态度，严肃对待评审。下面我从第一面解读起，我尽量讲快一点，请各位耐心等待一下。"

陆副主任细弱的发言声音，以及翻志书稿子的声音，让整个会场陷入一种莫可言状的境地。会议室外，各个办公室下班的陆续关门声，下班人员愉快的交谈声，甚至比陆副主任的声音还要大。两个年轻的评委以单位有急事先后离开，几个年纪大的已靠在厚厚的海绵椅子背上闭目养神。有几个评委干脆就拿起手机刷起来。主持人几次拿手机示意，早过了下班的时间，陆副主任仍然一副忘我的境界，固执地提着林林总总的修改建议。

六点了，会议室的门突然被重重地推开，伴随着一声沉闷的"嗵"响，一大捆印刷精美的《东城县土地志》落在会议室的地上，会议室所有人陡地像中了邪似的全都定住了，紧紧盯住那一捆业已印好的《东城县土地志》，而那一捆业已印好的志书似重重的巴掌扇醒了所有评委。

搬书的人一把擦去额头的汗水，慌乱地扫视了会场后，连声说："对不起，对不起，我走错地方了，我是要到六楼大会议室的。对不起各位领导！"

评审戛然而止。

写于 2017 年 5 月 17 日

清洁工五小

这天下午 4 点半的光景，五小急匆匆地一手提着个袋子，从二楼办公室下来往外走。有人跟她打招呼，她只说一句"我回老家一趟"，有人说"五小，你口罩戴反了面"，她都不理会，仍是脚步匆匆。受疫情影响，大前天才正式上班，这个时候又要回老家，这是为什么呢？

五小是单位的清洁工，负责打扫公共区域卫生，家在外地农村，是单位老板怜惜她家困难，把她带来，管吃管住，一份工资基本上可以节省下来，贴补家用。

五小个子不高，但很结实，稀薄的头发总是蓬乱着，被一根皮筋随意扎成一个瘦长的马尾，耷拉在肩上。做卫生很是仔细，也总未停歇过，单位大玻璃窗、大玻璃门擦拭得一尘不染。单位食堂有时忙不过来，她都主动去帮厨。

五小家里一儿一女都已成家。女儿去年底生下一个女儿，她请假回去，第三天的傍晚又急匆匆地赶回来，大家都长嘘了一口气，公共卫生终于有人清理了。单位胡姐问她："五小，你外孙女长得好吧，咋不在家照顾你女儿呢？"五小说："才几天大，看不出好看不好看，她婆婆照顾她。"然后就低着头，把堆得老高的垃圾桶逐个清理干净。知情的同事私下说，五小如果回去照顾女儿坐月子，这个月的工钱就没了，她丈夫正在老屋建楼房，还靠五小每月的工资拿回去开工钱呢。

同事们见五小家困难，一年到头也没穿一身新衣服，几个女同事就把自己七八成新的衣服装了一些给她，她先是扭怩着不肯要，后来收了，却从未见穿过。有一次胡姐问正在做清洁的她："五小，给你的衣服怎不见穿呢？"

五小却红了脸，"我身上肉多，穿上去扣不住，上次都带回去给女儿了。"一只手不停地、反复地擦着靠墙的护栏。

前天单位复工，她下午才到，同事们一见到她，个个都惊讶，五小怎么瘦了这么多？疫情封城，足足宅家了两个月，大家伙儿或多或少都胖了一些，五小却明显地瘦了，同事们七嘴八舌地问她家里情况。五小只是说，丈夫、儿子、儿媳昨天都到温州打工了，她是出了三倍的车钱叫人送来的，却只字不提为何瘦了。

久宅的人们工作后激情满满，一天很快就过去了。第二天上班，当人们发现公共区域的卫生没做的时候，只见五小空着手匆匆地从大门外走了进来。口罩上方的双眼空洞无神，口罩戴反了面竟没察觉。五小到底是怎么了？她只是默默地利索地做着卫生。

第四天下午4点左右，五小又是匆匆回家，隔天上午才匆匆赶回。大家伙儿看在眼里，急在心里，就推荐胡姐找找五小，看她家里出了啥事儿。一个单位的，应该给予关心。

五小正在清理走廊的垃圾桶，胡姐走过去，拉她到一个僻静的角落，问她出了什么事。五小先是不肯说，后来哭了："我女儿她，产后得了抑郁症，过年放假我把她娘儿俩接回住，稍微好一些，疫情期间一直住在我家。前几天我要来上班，就把她送回婆家，又发病了，摔东西，整夜整夜地不睡觉。公婆家待她不好，她男人又窝囊，我命怎么这么苦啊！"五小抽抽搭搭地哭了好一会儿，才想起来对胡姐说："这事儿好丑，你可不要对其他人讲，我怕老板不要我，我也不会做别的事，谢谢你，千万给我保密。"

胡姐听了，心里很不是滋味。五小都五十岁了，没穿过一件光鲜靓丽的衣服，更妄谈名贵包包、化妆品，还要为出嫁的女儿操碎了心，唉！怪不得都瘦了。

又过了两天，五小正在宿舍里收拾东西，胡姐过来了，提着一大袋子衣服，说是几个同事家小孩的旧衣服、鞋帽，以及女人的一些旧衣服，还有一个装着五千块钱的大信封。五小愣了，胡姐说："这是老板听说你的事情后，从特困职工基金里解决的资金，让你这个星期回去带女儿去看病，至于卫生，这个星期就分摊给员工包干了。快去吧，不要愣着，把女儿病诊好，这可是大事！"

五小感动得双手合在一起，一个劲儿地道谢，眼泪流下来，把口罩都弄变了形。她赶紧收拾好了两个大袋子，一手提一个，急匆匆地下楼，出门，很快就消失在同事们的视线中了。

2020 年 4 月 9 日写于流眄斋

失落

鸡年春节假期，明子放假回家，陪妈妈到超市采购。明子一只手推着购物车，一只手亲昵地搂着妈妈的肩膀说："妈，明年年休假我们一起休，我带你出国旅游，比如泰国，旅游很方便，落地签证。你在单位上班，可要提前把手续办好。"

那时，明子刚刚交了女朋友，关系尚不是很明确。明子每次有机会和妈妈一起上街、散步，总要挽着妈妈的手臂，或者搂着妈妈的肩膀，甚是黏腻。妈妈手里的坤包也被明子拿着，明子高大的身躯里散发出百般柔情，把妈妈宠溺成了一个妙龄少女。

妈妈兴奋地说："好呀，出国游不曾有过，如果能够让儿子陪着出国旅游，那真是太好了。"

妈妈是一名公务员，这些年来在出差间隙或假期时到国内很多景点旅游过。明子小时候，妈妈也趁着假期带着他到北京、深圳等地玩过。

记得那一年"五一"长假七天，妈妈带着上初一的明子到北京去玩，临时上火车补卧铺，乘务人员告知硬卧没有、只剩软卧，尽管当时妈妈的口袋不是很富裕，但仍然毫不犹豫地补了软卧。生平第一次坐软卧，明子兴奋极了，娘儿俩在北京畅游了五天。那时候，明子差不多快跟妈妈一样高了，在街上行走，总是和妈妈肩并着肩、手拉着手，生怕走丢了。

鸡年"五一"过后的一天，妈妈微信问明子："儿子，你什么时候年休假？提前告知，我好安排时间申请年休假。"妈妈刻意未提出国旅游的事，怕一旦提出，打乱了明子的计划。

明子下班后微信回妈妈"好"。

妈妈亦多次咨询办理因私出国护照的办理之事。

又过了一日，明子下班后打电话给妈妈："妈，我今天查了单位的排班，我是6月底年休假。华华也是这个时候年休假，我们打算一起出去玩。"

华华是明子的女朋友，春节过后感情发展迅速。妈妈几次去明子那里，出去玩、逛，华华必定被明子叫来，一起出发。

而此时，明子的手和肩膀已然交给华华了：手被华华挽着，肩膀上是华华小巧的双肩背包，有的时候手里还提着三人喝的水和小吃之类的东西。

明子与华华全然沉浸在热恋中了。不论是在公交车上，还是在景区的路上，明子与华华一直叽叽喳喳地说着、笑着，有时候还窃窃私语，妈妈偶尔插个嘴，也是不连贯的"是""对""好""可以"之类的短语。

那一次在宜家看家具，华华拉着明子，从这个样板间跑进另一个样板间，从这个展示厅奔向另一个展示厅，好几次把妈妈都丢了，留下妈妈一个人愣在那儿，百感交集。

妈妈想起过往的日子里，总是在自己身前身后的明子，是那般的无间隙无隔阂，什么话什么事什么时候都毫无保留地交给妈妈，而如今，明子忽地就似彩云追月般地追向他的另一半了。妈妈刹那间感到儿子就这么的长大了，觉得失去了什么。

"五一"假期，明子陪华华回华华的老家住了两天。朋友圈里，华华晒出她父亲的朋友圈截图，截图里的四张照片都是华华父母、明子和华华在郊外游玩的合影。一张照片里，明子的手随意地搭在华华父亲的肩上，脸上的笑容一如往常的纯真而明亮。华华父亲的留言"幸福的一家"下，明子点赞的小星星格外耀眼。

而同是这一个"五一"假期，妈妈因儿子未回，就带着自己的父母出去短程游了两天。妈妈的朋友圈只贴出美丽的风景和老父老母的合影照。不见明子赞过，只有华华点赞的小星星在微笑着的华华头像后晶晶亮。

神奇的朋友圈，瞬间激荡着妈妈的心思。儿子明子一表人才，善解人意，能被华华的父亲认准为自家人，这是意料中的事，应该也是高兴的事。可是，突然间，明子被他人认作为"幸福的一家人"了，妈妈竟有种儿子生生地从身边被人拉走的感觉。

妈妈一听明子的电话，就知道明子把带妈妈出国旅游的事忘得一干二净了，本来就因朋友圈的照片而莫名失落着的心一下子跌到了谷底。

明子可能是忘了，也可能当时只是一句随口的话，想到这儿，妈妈笑着说："你们出去玩吧，我6月底可能无法安排休假，因为我经手的一件事，在那个时间段要迎接省里检查，领导肯定不会安排我年休假的。"

明子说："妈，我可不能背上有了媳妇忘了娘的丑名，这样吧，要不我年休假带华华一起回来，不出去玩。"

妈妈说："年休假还有这么多天，到时候再说吧。如果想妈妈了，双休的时候你回来也行啊。"

明子说："双休的时候回来行是行，关键是我和华华的时间不好凑在一起，我双休时她不一定双休的。"

妈妈一听，心里更是失落得一塌糊涂：华华不双休，你一个人双休的时候回来不行吗？

想到这儿，妈妈不悦地对明子说："那随你安排，什么时候回来都行。"

搁下手机，妈妈感觉到眼睛辛涩般的生疼，有泪水从心底想要迸出来，但却凝聚成粒状体在眼底里很疼很疼地纠缠。

儿子真的是长大了，再也不是从前那个总是黏在自己身边的小男孩了。儿子已在时光的雕刻中，长成了一个大男孩，一个在人海中寻寻觅觅找到自己另一半的大男孩了。

妈妈百无聊赖地坐在书桌边，信手翻开了明子二十岁生日时，妈妈通过网络定制的"成长——献给儿子二十岁生日"相册。从出生一百天、一岁、两岁到二十岁生日，每一年，妈妈都细心地为儿子拍照留念，每一张照片旁都有文字记载。有单人的、有合影的，相册一页页地往后翻，明子一页页地长大。

妈妈翻到明子七岁那年的一张照片。照片上，妈妈笑意盈盈地坐在秋千上，小小的明子在一旁开心地推着妈妈。照片旁一行字"那时候，妈妈可真年轻"，勾起了沉睡在妈妈脑海里的记忆。那是一个周日，妈妈坐公交车带明子去李时珍纪念馆玩，看见秋千，明子先是自己爬上去兴奋地荡了好久，然后跳下来说："妈妈，你上去坐，我来推你玩！"看着照片，妈妈似乎听到了明子充满稚气和童真的笑声，甜甜的，心里一下子漾出了幸福的浪花。

想到这里，妈妈揉着有些生疼的眼睛，望向窗外暮春的天。窗外，浓浓的绿意正加快着春的脚步，暖暖的风扑面带来夏的温度，夏天快要到了。瞬间，妈妈心里的失落感被融融春意融合成一股淡淡的希冀，在慢慢地扩散。

原来母子一场不过是缘，缘起于须臾不可少的哺育和抚养，缘消于渐行渐远的长大和独立。拉近固是爱，放手亦是爱。

岁月静好

退伍军人孙东被物业公司老总兼好友拉来华林小区紧急救场的时候，小区的生活垃圾已三日未清。七月的天气，小区弥漫着一股腐臭的味道；小区业主微信群里的怨气几乎见火即爆；D栋一单元污水管又一次堵塞，一楼再次受淹，小两口声称"开始怀疑人生"……

孙东见状，说："果真我就是空降兵出身的啊，连被拉来当小区物业经理，都是紧急空降。这太妙了，太符合我的人生追求了，我干了！我相信，我们华林小区今后的日子一定会岁月静好哈！"

孙东一说完，几个平时就暴脾气的业主，风凉话轮流上：

"我家楼上厨房漏水好多天了，敲门不应，找物业推诿，你说说这怎么个岁月静好？"

"小区停车杂乱无章，消防通道阻塞，去年四川的火灾应该都没忘记，这个不解决，你叫我们怎么岁月静好？"

"看你当过兵，给你提个醒，小区有很多僵尸车，当仓库用，一家占用两三个车位，你关注好了这个，可能会岁月静好吧，哈哈！"

孙东可不是个屁人，他在当兵时养成了精干作风和幽默风趣的性格，很会处理一些棘手的事情。他记下业主提出的问题，列出最急需、急需、缓办的顺序，公布在业主微信群，声明让业主共同督促和支持，每人都要出力。说干就干，当天就带着人去那个受淹一楼，现场解决问题。

孙东利用业主微信群的快速性、互动性、实效性，将现场照片配上独特的语言，给全体业主上了一堂生动有趣的课。

"D栋一单元一楼下水道现场清理中。堵塞原因：大量的卫生巾全密封包膜片和'金黄物'结合，在管道和小沉井团圆，一满则溢，味道酸爽！"

"下面重口味图片慎点，神经大条兼好奇心者、有减肥之意而无行动决心的除外。"

不多的文字以及几张拼接在一起的照片，瞬间征服了众业主，点赞孙东者，指责乱投垃圾者不断刷屏。孙东说："不要点赞，我只要你们支持物业的工作，我们共同努力，一起岁月静好。"

过了几天的一个晚上，当业主群里几个人有一搭没一搭地聊小区这几天的变化挺大，消防通道专线都已画好的时候，孙东发了一段文字出来，让大家乐了。

"小区大门出口有人驾车想横穿小区未果，便扬言报复，故意将车停在门口不入车库，蓄意将进入小区的通道变窄。俺报过警，消防部门跑过，画消防通道标志、标线准备过，满以为以华林小区之众，就是吐口水也能淹死那孙子，最后竟然被人嘲讽虎头蛇尾，我回家唱了一夜《心凉》。"

"哈哈，孙经理，我会唱很多歌，但不知道哪首歌叫《心凉》呀？"一业主调皮地问道。

"你们都不知道，孙经理是全才，在部队时会唱歌，《心凉》是他自己创作的吧！"

孙东笑起来："你们啊，这不为了咱们岁月静好没实现，才心凉么。消防线都已标注好了，各位千万别学那位大爷，我可是当过空降兵的。"

孙东想利用 A 栋和 B 栋中间靠后边一个厂房的空间，建一个集中充电车专用停车棚，解决停车难的问题，孰料当他带人试图丈量时，即遭到个别业主不理解不支持。细心的孙东在手机上记下了当时的情景。

当半个月后，通过多次上门做工作，终于把这件事办妥，广大业主也自觉地把电动车、机动车按顺序归好位，消防通道通畅，业主们在群里纷纷夸赞孙东的时候，孙东把半个月前记下的笔记，加一个"尾巴"发到了群里：

"某栋某单元某楼阳台伸出个蓬头，刷着牙，还有耽误厉声的呵斥，宣称此地有她屋，此屋是她买，若要建车棚，留下狗命来……那天上午天气晴好，清风拂面，空气中弥漫着中华牙膏和隔夜面条消化后的微酸味道，局部湿度高过周围 15% 以上，俺落荒而逃。如今半月有余，俺尚心有余悸，至今未测试有无心理障碍后遗症。"

一众人看到孙东的话后，沉默了，知道了这中间的难度和孙东所受的委屈。只一会儿，一个人发出了这样一句话："如果都有你这样的主人翁意识，那才是岁月静好啊。"

几乎所有人都跟上了这句话，孙东说："看来我今晚要唱一夜的《心暖》了。岁月静好，不再空降啦，哈哈！"

2020 年 4 月 6 日晚写于流畎斋

套圈圈

住在城边村的运发最近愁坏了。去年城区改造征占了他家的两亩耕地后，他四下寻找，总算找到并租下了一大片荒地，今年种上西瓜了。眼见西瓜一个个圆滚滚地在地里看着让人爱，可是几次上街卖西瓜，效果都不太理想。找了超市采购，也都说提前没有订采购合约，要销的话明年再说。

人到情急之中总是会有办法的。当运发有天晚上开个三轮车，载着一车西瓜到城内文化公园摆摊时，不远处的套圈游戏触动了他。他发现买一个圈圈一块钱，绝大多数人买十个圈圈都套不上一个东西，买二十个才勉强能套上一个，这样算下来，如果选取个头稍小的西瓜，套圈圈卖西瓜，会很划算的。

第二天傍晚，运发选了一车个头匀称的西瓜，准备了两百个可以套下西瓜的圈圈儿，到公园一个宽敞的空地，摆下了套圈卖西瓜的摊点。

正好是周末，天气晴好，散步的人很多。有人发现，竟然套圈圈可以套西瓜，这个好玩儿、实惠，远比那些套来的布娃娃、装饰品等这些没有多大实用价值的东西划算得多。很多人围过去，十个、二十个地买圈圈套。

果不其然，买十个圈圈能套上一个西瓜的少，二十个套上一个多，也有二十个套上两个的，运发边捡圈圈边拿西瓜，忙得不亦乐乎，心里想着这个法子还真心不错。

围观的人来了一拨又一拨，陆续套了几十个西瓜出去。运发正低头捡圈圈的时候，突然一个熟悉的声音喊住了他：

"运发哥，不错啊，这主意不错。好玩儿，我也来玩玩行不？"

运发一看，是城区改造时上门做他工作的工作队员小东。

"原来是小东，好啊，我给你十个，你套着玩玩吧。"

"不，这地下有多少个西瓜，你就在这个数上再加十个圈圈给我。"

"啊，这地下三十个西瓜，你意思是要四十个圈？"

小东扫码付了四十块钱，说："运发哥，这四十块买圈圈的钱付了，看我的啦！"

围观的人挤着看热闹，其他套圈的人都停下来看小东一个人套。

谁知道体育学院毕业的高才生小东，特别会玩这个呢。一个、两个、三个、十个、二十个，个个圈圈都像长了眼睛似的稳稳地圈住了西瓜。喝彩声不断，运发不知是热的还是急的，脸上的汗直往下淌，心里想着这下可亏大了：

"小东，小东，再别玩了，哥这是自家种的，你都套去了，今晚上我就算白忙活了。"

剩下最远的十个西瓜，小东将手中的圈圈两个一组丢下去，你看他猫着腰、蹲着步，眼睛炯炯地盯着地上的西瓜。圈圈划着优雅的曲线，两个在西瓜上相互一碰撞，一个圈儿碰到一边，一个圈圈套上了西瓜。叫好声一阵高过一阵，最后地上只有一个西瓜侥幸没有被圈上。

"运发哥，这一个就留给你自己吃了。哈哈哈，这二十九个你就用袋子装起来，帮我搬到那边我的车上去吧！"

"好吧，好吧，碰上你总是没办法。"运发装好西瓜，扛在肩上，往小东的车边走，"去年征用我家的地也是你，好生生的地说没就没了，你说一个农民，没有耕地怎么好过日子嘛！"

小东说："运发哥，你这三十个西瓜值多少钱啊，500块够不够？这500块钱给你，你地里还有多少，明天我带个人去你那儿看一下，包你把西瓜全部卖出去，行不行？"

"这怎么好意思？又要麻烦你。"运发把500块钱塞给小东，小东又把钱塞给运发，死死地按住运发的手，示意他收下。

"去年我不是说过嘛！你失地后有什么困难，可以随时来找我，这是我们的工作职责。不要客气。"

第二天一早，小东趁着晨练跑步的机会，把西瓜送给打扫公园卫生的环卫工。有个环卫工眼尖认出了他，"咦，你不是昨晚好会套圈圈的那个年轻人吗？好本事，把一地的西瓜全套上了，没想到今天却都送给我们吃，谢谢你啊！"

小东跑完步，收拾好自己，吃过早餐，就直奔运发的家。去运发家的路边，有个超市的朋友正等着他呢。

2021 年 7 月 4 日写于流眄斋

痛

　　桐儿和军是一对小夫妻，他们俩有一对可爱的双胞胎女儿，大的叫雅格，小的叫珠格。

　　桐儿身材高挑，皮肤白皙光滑，一笑两个小酒窝，露出两个小虎牙，清纯甜美，真真的人见人爱。长长的黑发泛着健康的光泽，桐儿总是扎成一个马尾，走路时随着高跟鞋敲击地面的节奏，一甩一甩，背影看上去，与妙龄少女相差无几。

　　军是一个敦实的大男孩，一双剑眉下星目朗朗，炯炯有神。每当二人牵着一对女儿在小区散步时，犹如一道醒目的风景在小区里闪耀，总是迎来许多赞赏的眼光。

　　小区大门边的小超市门口，总是聚集着闲来无事一群人。要么是退休赋闲在家的，要么是跟着在市里工作的儿女出来住的农村老父老母，只要军与桐儿出现，这些闲聊的人总是速速地调换谈天话题，羡慕、夸奖他们郎才女貌、小家幸福。

　　其实，军工作很忙，很少在家。他研究生毕业后，作为选调生，被上级选中，作为重点培养的年轻后备干部，安排在一个山区县的镇当镇长。他只是回市里开会、节假日或者偶尔的双休日，才回家休息。

　　尽管在镇里工作非常忙、非常累，但只要一回到家，军就买菜做饭煨汤，接送雅格、珠格到幼儿园，打扫家里卫生、洗衣服。桐儿也乐意享受军的这一切。

　　桐儿最喜欢看军做家务、打扫卫生了。桐儿觉得，这个时候的军最性感最好看。军穿着 T 恤，双臂、胸膛的肌肉结实饱满，随着双手的运动，肌肉一鼓一鼓地充满诱惑。桐儿抛个媚眼过去,军会意地接住,桐儿宠溺地说:"去和雅格、珠格一起玩,你在家做得够多了,却只字不提在镇里的苦与累。"

桐儿有时会和军一起做家务,雅格、珠格就窝在玩具堆里,时不时地你一句我一声的"爸爸""妈妈"娇唤几声。桐儿过去亲两个女儿一下,雅格、珠格却撒娇要爸爸,一家人甜蜜得似要融化了。

日子如流水一般,潺潺流淌着。一个五年换届季到来,军顺利地晋升为镇党委书记。

军更忙了,有时候一个月回不了一次家。回家后,更加倍地疼爱桐儿和雅格、珠格。桐儿因体质偏寒,冬天里双脚双手总是冰凉难耐。军只要在家,他就不让桐儿手沾冷水,夜里必将桐儿的双脚紧紧地夹在自己的双腿中间。家里一大两小仨美人儿,是军繁忙的工作间隙中最为挂念的心头肉。

可是,毫无征兆的,军在一次回家,把女儿雅格、珠格送到学校后,对桐儿提出了离婚。女儿、房产、存款什么的,统统都不要,他只留点零花钱,要住在镇里了。

任凭桐儿哭得痛断肝肠,把军的胸快要捶烂了,追问军一百个"为什么",军却不再像往日一般把桐儿拥入怀中,为她拭去泪水。他无情地坚决地一次又一次推开桐儿的手。

"我不爱你了,我不想和你一起过了,没有别的原因。"军一而再再而三的只有这句话。

"我不相信,打死我也不信。我们那么相爱啊!"桐儿已哭得双眼都肿了,声音也嘶哑了,"你怎么舍得我和女儿,你怎么舍得让我哭,你怎么舍得让我痛?这一切到底是为了什么啊?我心好痛啊。我头好痛啊。"

不等雅格、珠格放学回来,军留下离婚协议,带走了一些换洗衣服,就回镇里了。

军一上车,泪水就止不住地奔泻而出。他没有回头,也没有朝车窗外看,拼了命地把泪水极力止住。以往每次离家,桐儿总是带着一双女儿送至车边,雅格、珠格轮着和爸爸亲了左脸再亲右脸。然后亲额头,雅格说额头是代表妈妈的。而这一次离开,这一切已离他远去了。

司机在前头问，与桐儿姐吵架了吗？军答应了一句，就不再出声。

过了半个月，军因镇里一个大型招商引资项目上马，造成周边村庄环境污染严重、大片良田无产、人畜饮水安全出现问题，被检察院以渎职罪立案调查带走。

原来，军在当镇长期间的一个招商引资项目，因分管的副镇长贪污受贿，对项目环评没有把关，造成项目上马后，污染严重，近一年来更为突出，当地百姓多次上访反映问题。当一个老人提着一壶发绿的井水找到军，厉声质问军"这样的水你能喝下去"的时候，军料到自己罪责难逃。一向视桐儿和雅格、珠格为心尖尖的他，一向在三个大小美人儿面前有良好形象的他，怎么忍心让冰清玉洁的桐儿，担着一个罪名在身？

他别无他选。他选择离婚。他的痛，比桐儿还要深。

2017 年 7 月 11 日写于流眄斋

舞变

当夜的黑纱尚在高空飘荡的时候，小城公园大广场周围的大树底下，已然站满了三三两两跳广场舞的人们。清凉的风从树中扫过，夹杂着樟树、桂树以及青草的清香，一阵阵拂进人们的鼻。他们轻松地聊着天，有的比画着新学的舞步，有的聊着县里最近的新闻，有的聊着电视连续剧，只待广场的舞曲响起，即进入场中跳起欢快的伦巴、探戈，以及悠闲的华尔兹和慢三慢四。

中学语文老师小刘同往日一样，早早地吃过晚饭，精心打扮好，就步行来到了广场。今日的课不多，只有上午两节课，女儿也因上大学不在家，一个人午睡至四点才起床，精神挺不错。

她站在一棵大樟树底下等舞伴老王。以往这个点，老王早到了，可是一直到晚上八点半，广场舞快要跳完了，仍不见老王出现。

老王与她做舞伴已两年多了。两人都个子高且身材匀称，舞步十分和谐。在外人看来，他们十分般配，好几次被冒失的舞友误认是夫妻。

老王一直没出现，小刘一个人孤单地站在场外，陆续与其他没舞伴的人跳了几曲后，就有点扫兴地往家走。家离广场不远，要经过一段无路灯的黑巷子，老王偶尔送她来过几次。

走进巷子口，小刘蓦地发现巷子尽头，老王如一堵墙似的，立在路中间。还不等小刘靠近，老王即刻一个熊抱把她拥进了他厚实的胸膛。老王喃喃自语地说："我无家可归了，我被她赶出来了，我要住你家，我们一起过吧！"

小刘吓坏了，闻到了老王口里喷出的浓烈酒气。她想要挣脱老王的怀抱，可是越挣扎老王的劲越大抱得也越紧。小刘在挣扎中慢慢地，慢慢地迷离了，她听到了久违的让她心动的男人心跳，闻到了让她窒息的成熟男人的荷尔蒙味道。

在小刘收拾得干净整洁的两居室，老王睡下了。小刘躺在他的身边，渴望异性的冲动如潮水般向她一浪一浪地袭来。离婚有五六年了吧，度过漫长的空窗期，身体的火一旦被点燃，竟无法自禁。醉中的老王觉得自己仿佛回到了年轻时，持久的兴奋，让老王几度梦游天堂。

一天、两天、三天，小刘去学校上课，老王到单位上班，晚饭后，一前一后去跳广场舞。小刘还上街为老王买了换洗的衣物，内外两套，洗漱用品以及新拖鞋，甚至还给老王的口袋里装了零花钱买烟抽。小刘闭口不问老王到底发生了什么事，老王也只字不提为什么弃家而来，默契得似舞场上的伦巴恰恰。

第四天上午一上班，老王被单位的领导余主任叫进办公室。一进门，余主任的脸色异常的难看，劈头一句话就是："老王，你到底是爷们儿还是女人，与老婆吵架就离家出走？还四五天不回去？你是不是发神经了？"

"主任，我没来得及给您汇报。我没有离家出走，我只是在外面透透气。"

余主任说："没出走？你老婆都给我打电话要人了！说你和她吵架，已四五天没回去住了！"

老王在余主任办公桌前的椅子上坐下，长叹一声说："主任，就是那晚您让我陪客喝多了酒，我回去叫她烧开水喝醒醒酒。她当时正在电脑边打游戏，我叫了三四遍她没动，我一生气就上去把电脑强行关机了。没料到她扑向我，使劲地打我，边打边骂，说我晚上不是喝酒就是出去跳舞，从来没有陪她，连玩个游戏也要强行关掉。"

"女人也真是，多大年纪了，还玩游戏，还要人陪。都老夫老妻的了，有什么好陪的。不讲道理。"余主任听到这儿，感叹道。

"我当时酒兴上，她骂一句我接一句。我说我喝酒咋了，还不是工作需要？我跳舞怎么了，也没有跟别的女人乱来。"老王接过余主任递来的一根烟，又叹了一口气。

"那你怎么跑出去住了？你住在哪里？"余主任问。

"都怪我，不该接她的话和她斗嘴。我一说跳舞没跟别的女人乱来，一下子打翻了她的醋坛子。她又哭又闹，狠劲地撒泼。说谁知道你和跳舞的女人没有乱来？你每天晚上搂着她跳舞，手摸着她、身体贴着她，她很年轻吧，多滋润呀，跳舞的个个都不是好东西！最后还说怪不得你和我没话说了，怪不得你对我总没好脸色了，原来你在外面有女人了！"

"这女人一撒起泼来就这样，老是怀疑自己的男人在外面和别的女人乱来，我家的那位也是这样。唉，中年男人的苦闷啦！后来呢？"

"后来，她越闹越生气，我气不过就赌气说，乱来了又怎样，难不成你还不想和我过了？我一说完这话，没想到她跑到厨房拿出了菜刀，口口声声说要砍我的手脚，让我不能跳舞。让我滚出家去，不要和我过！"

"她这样一说，你就真的出去了？难不成这几天你就真的住在舞伴家？你这个花心老王，不是我说你，儿女都要成家了，你这闹的哪门子事啦！"

老王摁熄了烟头，头重重地摇了几下说："我当时无处可去呀！包放家里了，身上一分钱也没有，想到办公室来将就一夜，可是我来后有几个同志在加班。然后我就去了舞伴小刘家，她收留了我，她对我非常好，我和她在一起，感觉年轻了十多岁，感觉生活才真正地有意思。我现在是得罪了两个女人，我只有离婚，我不能对不起小刘。"

余主任瞪着他那双金鱼似的眼睛："老王，你疯了，离婚？儿女都这么大了，离婚和舞伴一起过？你对不起小刘，又对得起你老婆？"

得到老王肯定的回答后，余主任说："给你一个月的时间，你老婆那边，我就说是组织上安排你出去学习了。这边你自己考虑好，然后给我答复。"

一个月后的周六晚，余主任、老王、小刘及老王老婆4个人在城里"老家菜香"酒楼吃饭。余主任主持，老王拿出了早就拟好的离婚协议书，净身出户，决定与小刘过。

又一个星期后的周末，余主任被邀至老王与小刘的家喝酒，俩男人喝醉后，余主任拉着老王的手说："兄弟，明天起你也把我带到舞场学跳舞吧！"

小面馆

上午 8 点半左右的光景，英婶又一次站在三路口那个巨型的广告牌下，远远地注视着前方装饰一新的"正宗兰州拉面馆"。

面馆的生意可真好！进进出出的人流，在面馆门前，一拨又一拨。英婶注视着、想着，似乎听到了面馆内喧闹的点餐声、吃面声，看到了老板忙碌的身影。

英婶想，我也曾经在这里忙碌过！隐约中，英婶看到丈夫麻溜地揉面蒸馍，以及周末早上帮厨收拾碗筷的一双儿女忙碌的身影。英婶麻利地收钱，烫粉、烫面，一双眼睛，总是含着笑意对着每一个前来就餐的人。

生意也是好得不得了！那个时候，尽管没有华丽的装饰和招牌，"小面馆"的名字还是口口相传的，简陋的大灶，七八张条桌，二十几张椅子总是挤满了人。最是欢喜的是儿女天天在一起，读书、做生意两不误，尽管人累得要死，英婶却觉得日子有盼头有奔头。

英婶注视了一会儿，即前往左拐角的一个大药房去买药。药方是在上海当医生的女儿开的，专门疗治缓解她腿部的毛病。这腿上的病痛，也是开面馆长期站着落下的顽疾。一变天即隐隐生痛。

刚一进药房买好药，女儿的电话就打来了。

"妈，我给你开的那个药买了吗？记得按时吃啊，一天一次，一次三粒，不要弄错了！"

"刚买了，你不要担心，你哥先前打了钱，这个月单位派他到美国出差了。不要担心，我和你爸都好好的！"

六十出头的英婶，齐肩发用一根黑色的皮筋随意地圈在脑后，明显染过的头发从发根处，不依不饶地白着一大截。一件普通的羽绒服裹着瘦削的身体。两腮有些凹陷，一双会笑的眼睛仍然闪着笑意。

"唉，你们个个都这么忙，又离家这么远，我和你爸年纪大了，经常地身体不舒服，也不能享受你们照顾。光是电话问候，哪能顶得上你们在身边。想当初，拼死拼活地供你们读书，如今出息了，都飞走了，我和你爸却是孤单了！"

英婶边咕哝着边往回走。天气格外的冷，刺骨的寒风迎面扑来，她双手插在口袋，围巾垂在胸前随风扬着角。丈夫这几天肠胃不好，天太冷，窝在家里没出来。

英婶想到面馆里去暖和暖和。

二十年前，英婶的一双儿女因成绩优异，从农村考到城里上中学。有着一双巧手的英婶，决定和丈夫到城里开早餐店，一方面挣点活钱，一方面照顾两个孩子能天天在一起。

店面一进两间，临街面搭了一个大灶，主做早餐，中、晚餐有人吃，也不歇业。里面一间，英婶的丈夫做了一个倒楼，英婶和女儿睡楼下，丈夫和儿子睡楼上。白天孩子上学，英婶和丈夫做生意；晚上，一对儿女回来了，英婶笑盈盈地看着俩兄妹，笑意从双眼溢出，有爱有暖有幸福。

新面馆把一进两间全部拓展了。明亮的灯饰、贴着墙布的墙面、木饰面纹的条桌，使得面馆高档舒适。英婶在最里面的一个条桌边坐下了。这个地方，曾经放置她和女儿的床。当儿女们上完晚自习，回到这个面馆"家"时，英婶夫妇俩差不多也忙完了一天的生意。拉下卷帘门，里间小小的书桌边，一儿一女分别就着灯光继续做作业，英婶和丈夫则为第二天的早起，分头睡下。小小的里间充盈着家的温馨氛围。

儿女乖巧懂事，学习成绩一直优秀，高考儿子考到北京，女儿考到上海。平时只要一空下，他们就主动地帮助招呼面馆的生意，熟悉的人们没有谁不夸赞。

英婶想着这些，心里头感到热乎乎的。孩子们大学毕业两年后，他们坚决让英婶停掉面馆生意，并凑钱在离面馆仅隔一条街远的楼盘买了一套首付房，让他们安享晚年。

人是闲下来了，子女也出息了，英婶却感到无比的落寞。每日总要来到路口那个巨型的广告牌下，注视着曾经的小面馆，试图从那里拣拾到一些什么。

改头换面的小面馆，仍是人流进出一拨又一拨，全然没有人理会坐在里头的英婶心里头的翻江倒海。英婶突然间明白，儿女也好，曾经的忙和累也好，现时的落寞也好，只不过是当时的一种寄托和状态。儿女就像这些人流一样，终究都是来来往往于人世间的，捆住他们在身边，就像这面馆客源不流动，怎么会有好的生意好的活路？

英婶从面馆里出来，感觉外面的空气清透极了。

写于 2018 年 1 月 17 日

小区代购员红梅

下午 5 点左右，红梅先是在业主群里发小广告："所有人，昨晚订的菜已回来了！辣椒！黄瓜！莴笋！红萝卜！西红柿和面粉！按接龙顺序下来拿！地点是 A 栋二单元车库！"接着，宽厚的嗓音，就像她每句话后面都是感叹号一样，通过扩音喇叭有节奏地在小区楼下响起来："昨晚在群里订菜的邻居们，按接龙的顺序下来领菜了，从 1 号起，迟来了就顺延！要记得戴口罩哈！"

志愿者红梅，其实也是本小区的业主，只因她性格开朗，做事干脆，平时在业主微信群里口碑不错，庚子春疫情来袭，她自告奋勇报名，遂被社区同意作为代购员，负责本小区蔬菜的代购分发。

宅家的人借领取订购蔬菜的当儿，出来放风，多半公婆一起下来，男的提菜，女的刷手机微信。红梅就坐在自己家的车库门口，给业主们分菜。一个小型地秤、一个笔记本，按接龙的序号，一次进来一户，选菜、称重、付款、记账完毕，外面排队的人再进来一户，秩序井然。

但是，有时候少数业主既没有听到红梅的喇叭喊，又没有注意到群里红梅一句一个感叹号的小广告，耽误了拿菜，没菜吃，就发牢骚了：

"我订的菜咋没有了？到底让不让人活了？我是不是要给县长打个电话反映问题了？"

前几次说的时候，红梅耐心地解释，说特殊时期谅解一下！有一回一个平时不在家住，对红梅不了解的业主在群里再次翘了起来："我几次接龙都没领到菜，那些没接龙的都领走了，这个接龙有什么意思呢？物业的，到底想要不要物业管理费？到时候我走了，不要说我不交管理费！"

红梅很晚才忙完，看到后，回话了："这位邻居，偌大一个小区，每天接龙隔天拿菜的这么多户！哪个不是主动下来拿菜的！疫情当头，你怕传染我就不怕传染？我是志愿者，是义务劳动！你不交物业费你还有理！明天看我的通知！自己下来拿菜！别七七八八的，不把自己当人！你又不是隔离对象！没菜吃，自己下来拿！"几句在理的话，加上众多业主帮腔，那个人最后主动道歉认错，第二天拿菜时，还专门给红梅送了几个口罩。在他的带动下，上十个业主主动送红梅口罩，解决了红梅前一个多月口罩紧缺的问题。

有时候业主拿菜比较慢，红梅就在群里留言："所有人！我还没吃饭，我先回去了！过一个小时我再下来！"很多次吃饭的时候都晚了，熟悉的人就说："红梅，你先去吃饭，我迟点来拿。"有的做了肉包子、蒸了白馍、炸了油条，也给红梅带下来。大家互相关心，暖暖的，让宅家的日子不再漫长。

红梅当志愿者不仅仅限于分发蔬菜，还帮着推销周边乡镇因疫情而滞留在地里的农副土特产品，有山药、荸荠、甘蔗、橙子等，宅家的大人小孩既馋着吃，农民们又急着销出去换钱，红梅就先让大家在群里接龙，然后统计数量，再报给社区的代购送进来，前后两天时间，土特产就到了业主的家里。

有一次一个人在群里喊："红梅，我家丫头想吃肉包子了，你们能不能弄些肉回来，还有面粉和酵母粉，改善改善伙食呀？"还有人喊："既然有猪肉可以弄，那有没有牛肉、鱼、鸡蛋呀？"

红梅用语音在群里笑着说："我也不是大超市，要啥有啥，但是我可以帮你们反映，有的话我就通知你们接龙哈！"

多半的时候这些请求都得到了满足，但是酵母粉足足花了四天才弄到。要知道，久宅的人，特别是年轻人，都通过小红书学会了发面、做蛋糕等各种好吃的，整个小城酵母都成了紧俏商品。第四天，红梅在群里说："所有人！要酵母粉的每人带保鲜袋下来！四户分一盒！多的没有！确保每个需要的都有！"第二天，群里好多人晒出了出笼的肉包子、花卷还有蛋糕、米糕，似乎个个都成了白案好手。

小城宣布解封的那晚，业主群一片狂欢，说要放鞭炮庆贺。红梅说："你们放炮庆贺，我终于轻松了！"大家说："感谢你的无偿付出和辛勤代购！你为我们解决了疫情中的许多困难！你辛苦了！"

有一个业主晒出阳台上红梅绽放的盆景，对红梅说："送给你，红梅！你就是我们小区这个最困难最特殊时期的一株红梅，是我们永远的芳邻！祝福你及家人！"

红梅用她宽厚的嗓音，在群里发语音一再回谢，然后再用特有的句式，结束她的志愿者之旅："所有人！谢谢你们的信任和祝福！我做得不够好，叔叔阿姨们多担待！以后有需要尽管麻烦我！我一直在你们身边！"说完，群里鲜花一束束刷起，红梅却打起呼噜睡着了。

2020 年 4 月 13 日写于流眄斋

醒

"扑——哧、扑——哧"一直不间断的打呼噜声，在省人民医院神经外科大楼九楼 10 号床，已整整响了 8 天。

这呼噜声从没停歇过，不论白天还是夜晚，中间偶尔还夹带着一声声长叹。呼噜声中，似乎有很多的痰一点一点地累积，想要咳出来，而又没动力咳。有时候又像个风车一样，呼呼地拉着风。不知情的人听到这声音，感觉这个人睡得可真香。

而每隔两个小时，护士都要过来协助取痰。在"嘭嘭嘭"很响的捶背声、"老李，醒醒；老李，醒醒"很大的叫声作用下，一个取痰仪器伸进老李的喉咙，老李发出令人作呕的大口大口的咯痰声，听到的人感觉甚是恶心，而只有这个时候才让人觉得老李可能还活着。

这个沉睡不醒的中年男人，似乎有很久很久没有睡过，并摆下了要长睡几百年的节奏。

五十五岁的老李，二十天前因高血压引起脑溢血，入住省人民医院。做检查时，发现脑部两个大肌瘤。紧急做完开颅大手术，清除淤血，割除肌瘤，在重症监护室一住就是十二天。

转至普通病房后，老李尽管清除手术很成功，但是由于平时嗜烟嗜酒的缘故，并发了肺部积水、痰阻等症，并且眼睛一直也睁不开。老婆李嫂按医嘱，没日没夜地给老李按摩、翻身、搓背，还要边做事边和他说话，让他真正意义上醒来——医生说他是醒着的，呼噜声是痰排不出在响。床上人在酣睡，床下人不到一个月似乎老了十岁。

李嫂总也忘不了二十天前的那个黄昏。李嫂正在自家的小卖部里清算土特产的存货。说是小卖部，其实就是自家在街上新建的三层大楼房的一楼门面。那天几个农家乐的团队来游玩，小店里的土鸡蛋、豆丝干、干笋尖、干辣椒等农副土特产品，吸引了这些外地游客，他们大量购买，小店的收入比平日翻了好多倍。李嫂心里美滋滋地计算着，明天要新进一批农副土特产品，特别是农家的土菜土鸡蛋，好趁着旅游旺季，多赚点钱。

突然就接到了老李一个哥们儿的电话："李嫂、李嫂，赶快过来，老李、老李他出事了！"

平时总是担心他血压高、爱喝酒、爱抽烟，这下，担心的事情还是发生了！

可是现在老李总也不醒，休要说小店的生意，单就他亲手装修的三层楼房，也没一个人住，空荡荡地装风装灰尘，该如何是好啊！

新房装修入住后，老李总要有事没事的，从一楼、二楼走至三楼，再回到二楼客厅的沙发里窝着，喝茶、抽烟、看电视。要不就叫上几个要好的哥们儿，让李嫂做上几道土家菜，喝上几口酒，乐呵乐呵。李嫂有时候生意闲一点要他陪着去城里逛逛，或者去几个新开辟的花海景点玩玩，老李不到万不得已，一定不去。总是一句话搪塞李嫂，"我亲手装修的房子，我要好好享受享受！哪里都没有我的家好咧！"

李嫂狠狠捶打着老李的背，发出"嘭嘭嘭"的声音，一下又一下，与呼噜声起伏呼应。"叫你睡，叫你睡，你就知道睡！让你不要抽烟、不要喝酒！你总不听！"

这个时候，护士进来，送来一张纸条，"10床的，赶紧去交钱啊，不然要停药了！"

李嫂停下手上的动作，惊喊道："前几天才交的钱，又要交？"

"赶紧啊，不然要停药的！"

李嫂接过纸条，心里五味杂陈。两口子辛苦劳作，好不容易在前年做好了一栋新房，但是欠了不少的外债。这三年小卖部生意差不多快要将欠款还清，小日子刚刚过得轻松自在些，老李这一病就让惬意开心的生活彻底打乱了，连做手术的费用也是弟兄几个七拼八凑起来的。

李嫂想到这儿，禁不住抽泣了起来。老李的呼噜声仍自顾自地一声接一声，声声敲打在李嫂的心上。李嫂心火一下子蹿至老高，她双手死死地捶打着老李的背部，边捶边抽泣边咆哮："你再要睡、再要睡、再要睡下去，我只有把房子卖了变钱给你睡了！"

老李本来是医生让侧躺在病床，突然地，老李听到要卖房子了，竟然自己把身子放平，眼睛睁开了！

"医生，医生，快来，快来啊，老李他醒了，老李他醒了！"

写于 2017 年 11 月 2 日

杏花

二十世纪八十年代末，二十出头的高中毕业生杏花，在村里当上了妇联主任。

要说这杏花，人如其名，长得好看漂亮，方圆几十里无人不知。当上了村妇联主任后，由于是村里为数极少的几个高中毕业生之一，有文化，有水平，爱说爱笑，工作深得上级领导的信任，更重要的是深得塆下里婆姨大伯大叔们的支持。为啥呢？因为杏花是负责计划生育工作的，那个年代的计划生育工作抓得紧，只准生一个，长得漂亮的杏花无论到哪家都深受欢迎，乡下都有一个说法，孕妇多看长相漂亮的姑娘，会生漂亮的娃娃。

一年后，杏花嫁给了村里一个大户人家的二儿子。这户人家，有6个儿子2个女儿，杏花嫁的二儿子，长得帅又有出息，婆婆能干、泼辣，年轻时也当过村妇联主任，公公是乡里粮管所的干部，杏花嫁进门，孝敬公婆，与姐妯、叔姑相处得好，塆下里个个都夸，人人都羡慕得不得了，杏花到各家各户做计划生育工作更是得心应手，工作上多次受到表彰。

可是，婚后的杏花，一年、两年……到了第四年，家里老三、老四，先后成家，都抱儿抱女了，杏花的肚子仍不见动静。婆婆倒是无所谓，老大、老三、老四各生了一个，每天足够的闹腾，塆下的人却禁不住声了，特别是女儿户想超生的家庭禁不住声了。

"长得好看有什么用，不会生孩子，那叫什么女人？"

"你自己都不会生，凭什么不叫我们生？"

"不会生孩子的女人，有什么资格搞计划生育，你有什么资格不要人生孩子？"

"我看啦，就是平时不要我们生，缺德了，遭报应了吧！"

起先，杏花还能忍住，后来当那些婆姨指着她的鼻梁骨恶狠狠地说出这些难听的话，不准她进屋门做工作的时候，杏花终于有一天在家里闩住房门哭了。哭声震天动地，正在楼下带孙子的婆婆知道儿媳受的委屈后，心疼得忍不住了。她平时其实也听到了这些风言风语的，媳妇儿平时不管不顾，她就没有过问，这次杏花的哭声彻底激怒了她。

婆婆放下手中的孙子，从屋角边拿出一张大板锄，在自己门口的一块大青石板上，把板锄使劲地撞出"砰砰砰"的响声，然后用她以往当妇联主任时的口气，朝着堎下里大吼：

"哪个爱放屁的长舌婆姨，哪个爱嚼舌根的长舌姨娘，今天有本事有胆儿就在老娘这里显一显！我生了6个儿子，你们哪个有种生了，出来跟我比一比！我家媳妇儿生不生与你们这些人有什么关系呀！你们这帮王八蛋谁敢出来应一下啦！"

板锄撞击青石板"砰砰砰"刺耳的金属响声，以及婆婆的大嗓门，整个堎下里都听到了，但是没人敢出门来应。婆婆吼累了，就一直把大板锄撞击青石板，直到把青石板都撞破了才停下来。

此后，再也没有人敢当杏花的面说三道四了。

第二年春上，杏花竟怀上了。腊月底，一个大雪纷飞的日子，杏花生下了一对双胞胎儿子。婆婆在家大摆喜酒，请来电影队连放一个星期的电影，只字不提那些陈谷子烂糠子事。

转眼三十多年过去，婆婆八十多岁了，六个儿子儿媳，其他五个儿子儿媳先后因为工作、生活，带着孩子生活到了其他的地方，唯独杏花一家与婆婆生活在一起。婆婆几次大病住院，都是杏花在照料。妯娌们要来，杏花总是说："你们住得远，不要来回折腾了，我与娘一起生活习惯了，省事儿。"

婆婆有一回在病床上，抚摸着靠在她床边的杏花的手说："花儿啊，你咋这样贴心待娘呢？"

杏花含着泪对婆婆说："娘，你记不记得那一年你用大板锄撞青石板？你每撞一下，都撞在了我的心上，娘是拿着一股狠劲，给我在全村人面前挣面子、撑腰呢，我知道娘疼我的！"

如今，杏花也当婆婆了，双胞胎儿子各生了一对双胞胎小子，杏花的婆婆常常幸福地感叹道："杏花这丫头，真是咱们家的福星啊，没有白疼她一回。"

2019 年 9 月 4 日写于家中

一株百年紫薇树的命运

野生的紫薇树本不多见，而逾百余年风雨，仍一年花开百日的野生紫薇树更是稀罕。

我就是这样一株开着粉红色花儿的百年野生紫薇树。

我一直"养在深闺人未识"。在大别山脉的一个山沟里，我与桐花、栎树、松树、楠竹等兄弟姐妹和睦相处。沟里清澈的山泉在我的脚底下欢快地流淌，一年四季不歇地唱着山歌。不知名的鸟儿们一时栖息于我的手臂，一时又飞向楠竹弟高高的头顶，一时又调皮飞向不远处的桐花妹与她约会。春去秋来，我就这样不知天上宫阙、今夕是何年，在山沟里快乐地站立了一百年。

直到十年前的一个十月天，我正红艳艳盛开着本季最后一批花儿时，一个三人的户外小队发现了我。他们惊奇地摸着我的身体，说着我听不懂的人话。

过了两个月后的一个傍晚，这三个人又来了。我记得他们，一高两矮，矮个子都戴着眼镜，高个子瘦瘦的，腰有点虾。这次他们还带来了另几个人，还有一台令我恐惧的大型机器。

这机器斩断了我与故土深深相吸的庞大根系，然后用长长的草绳，牢牢地把我剩下的一大半根系与故土一起缠着又缠着。还剪断了我部分疯长的枝条。这次，我听懂了那三个人的对话。

"尽量动作迅速点，今晚上就要送到大风县，公园要栽，过几天公园要竣工验收的。"

"是啊，幸亏我们上次户外活动到这么远，这次我们一人可以赚上一年多的工资了。"

"晚上运输动静搞小一点，封闭包装好，免得被人发现举报到公安。"

"放心吧，深更半夜的，这样偏僻的地方，没人知道的。"

第二天一大早，那一帮人就把我栽在公园最显眼的一角。

我就这样生生地被这三个人带离了故土，在大风县公园住下来了。

他们在我的身体上钉上了牌子，古树名木档案牌，这让我很是难受了一段时间才愈合钉痕；还在我的脚边也做了个牌子，很精致的，经常有人注目。他们会啧啧称奇："一百多年的紫薇树呀，真稀罕，这花儿开得真艳。"

起初的一两年，我不习惯公园里密集的人流和公园路边拥挤的车流。它们发出嘈杂不堪的声音，从地表传过来，轰隆隆、轰隆隆，震到我的足根直至我的每一个枝条和叶片。这些人类制造出来的声音折磨着我，只有到深夜才会有几时片刻的停歇。哪里比得上故土里潺潺水声、鸟儿叫声、雨打叶声和阵阵松涛等大自然的天籁动听。

我特别不能适应充满各种气味的空气。尽管天都是一样的蓝，云朵儿也是一样的白，可是难闻的无数种混合气味，让我不得不加速我的叶片更新，支撑我百余年躯干的呼吸。只有到了凌晨，我才有空隙喘气。那时，我隐隐约约地嗅到了我浸润了百年的，夹杂着花香、树香、竹笋香和袅袅溪泉水气的清新气息。可是，猛一阵惊魂的火车"呜呜呜……"声，又把我从美梦中惊醒。

约三年后，我被斩断的庞大根系慢慢地在复苏，根系愈往四周和地深处扩展，我愈能感受到故土的滋味。从地的深处，我能汲取到我所需要的精华。而在这日复一日地扩展中，我慢慢地适应了。我学会了春来生发更多的嫩叶、在七八九月的花季直至十月中下旬绽放更多的粉红的花儿，装点公园的一隅，讨好公园游玩的人。

我的地位一日一日地提升。随着我的枝干扩展，我占据的地盘不断加大。人们在我身边安装了一张石圆桌、四个小圆凳和一长溜的木制靠椅。每一个清晨和傍晚，每一回的节假日，总是有年轻的、年老的或者儿童，在我的身边嬉玩、下棋、看书、喝茶、聊天、拍照。有情侣在夜间的时候，紧紧依偎在长木椅子上，什么话都不说，只是拥抱亲吻。这样美妙的时刻，我开心极了。安静地注视着他们，把祝福的花语送给他们。节假日，小夫妻带着孩子嬉戏的时光也很多，天真可爱的孩子，真是讨我喜，他们毫无设防的欢笑声，让我想起了故土清澈的溪流声。人们大都是爱惜我的，他们适时地给我浇水、施肥、除虫、修枝，我渐渐地喜欢上了公园的一切。

静好的时光总是过得飞快。十年后的又一个深夜，那三个许久未谋面的人又来了，高个子的人腰弯得更像虾了。他们带着一台更为先进的机器，这机器很快斩断了我与公园已深深相吸的庞大根系，然后用长长的草绳，牢牢地把我剩下的一大半根系与公园的土一起缠着又缠着。还剪断了我部分疯长的枝条。这次他们的对话我听清了。

"如果不出意外，明天上午送到省城，我们三个人可赚到两年的工资了。真爽啊！"

"是的，幸亏我们那年户外运动跑得远。"

"这紫薇树还真是好养。从山沟里移到这公园里也有十年了，根部长得还真是结实。"

"只是这次要运到省城，就怕沿路的检查关卡。一旦被拦住，我们可都要坐牢的哦。"

第二天上午9点多，装运我的大集装箱在高速路进省城的收费站出口，被穿制服的几个人拦住了。偷盗、无证运输价值逾50万元的百余年野生紫薇树，国家二级保护野生植物，可真的要坐5年以上的牢了。

那三个人怎么会知道，公园的人为了看住我，在我的四周不远的隐僻处，装了四个监控头。公园晨练的人发现我不见了，立即报了警。在监控录像的帮助下，森林公安迅速找到了我的去向。

我再次在大风县公园住下了。只是惊魂未定的我，怎经得起在短短的十年内再次遭遇被斩根。

我不想再被人类折磨了。我渐渐地枯萎凋谢，直至最后一束花坠落在一对相偎相依的情侣身上。

只剩一副百余年的枯桩挺傲在公园一隅。

写于2017年7月26日

以貌取人

　　腊月二十八的一场山火，风助火势，火顺山跑，从中午 12 点过后烧起，两三个小时过去了，还没有扑熄的势头，转眼已蔓延了南阳县大阳乡大小三个山头。

　　春节即将到来，家家户户在外打工的孩子们、年轻夫妇们、读书的学生伢都纷纷回家了。大阳乡弥漫着浓浓的过年气氛。这山火蔓延的山上尽管树不太多，绝大多数是芭茅和新造幼林地，但是地处南阳县北部山区的大阳乡，散落在山边的村落人家如天上的星星一般多，如不及时控制火情，势必影响到附近居家老小牲畜作物的生命财产安全，影响到大阳乡上下乃至南阳县上下能否过一个平安祥和的春节。

　　该来的领导干部都来了，这个年头，他们都十分敏锐。专业森林消防队队员，更是一声令下，全部开赴火场。扑灭这场山火比合家团聚过年更重要了。

　　最先到达山火现场的是县委副书记夏书记。夏书记年过半百，中等身材，头发呈地方勉力支持中央之态。他工作雷厉风行，惯于到基层调研解决实际问题，穿着朴实，讲话干脆，县里上下口碑良好。他在现场指挥扑火已三个多小时了，待火势控制得差不多时，两个助手与他站在一平坦处，望着远处快要扑熄的火头，歇息喝水吃干粮。

　　腊月的天黑得很快，才五点不到的光景，天色就暗了下来。夏书记身着浅灰色的旧夹克，头戴一顶印有"长江"二字的草帽，裤腿下摆紧紧地扎着，暮色中完全一个农村老伯的样子。尽管是冬天，但由于爬山指挥，汗水仍不停地从帽檐处往下流。他取下草帽，随手用帽子扇风解热。几绺头发，被汗水、帽子捂得如稻草一般，散乱地黏在中央泛红的头皮上。旧的夹克外套上有几处被荆刺划破了，手中临时用粗树枝砍削的拐杖立在身边。山脚下，远处的塆村里，鞭炮声此起彼伏，好一幅祥和的农家过年的喜庆画面。

突然，一阵大风猛起，眼见远处的火头调向，火势迅猛地向夏书记三人站着的地方扑来。夏书记见状，大喊一声"快跑"，来不及戴上帽子，即随手拿起拐杖，两个助手来不及拿干粮和水，即拼命地跟在夏书记身后往山上爬。

森林消防队副队长王来喜这时正在不远处，带领二十来个队员奋力砍芭茅形成阻离带。王来喜看到了先从一人高的芭茅丛中出来的夏书记，以为是一个无事在山上转悠或者在山上找牛的农村老头儿。王来喜气急败坏地停下油锯，对着夏书记大声喊道："你个死老儿，没事做，寻死啊！火烧眉毛了，还跑到这儿来，还不快些跑！等着烧死啊！"

两个助手紧跟着从芭茅林里出来，正要去呵斥王来喜，被夏书记用目光制止了。

夏书记说："是是是，我这就跑，你们辛苦了。注意安全啊！"

而此时的夏书记，样子着实狼狈。几绺长长的本应贴在头中央的头发，被芭茅撩乱得不成样子，旧的夹克外套敞开着，衣襟一边长一边短，里面的红色旧毛衫是手工编织的，大麻花的纹路泛着陈年印记，这身打扮怪不得走了王来喜的眼。

这时，从另一个方向过来两个人，王来喜看到是林业局的两位局长。平时到林业局里开会，王来喜见过他们。只见局长对着夏书记喊，"夏书记、夏书记，我们找您汇报火情！"

王来喜听到局长喊书记呆住了。这下完了，局长喊向书记汇报，肯定不是村书记、乡镇书记，必定是县委副书记了，因为县委书记是个女的呀。这下子想转正当队长，真如六月天里下冰雹——太不可能了。王来喜狠狠地把手中的油锯拉得哗哗响，一人高的芭茅快速地向两边纷倒，一条阻隔带很快地形成。旁边的队员小声地取笑他："还死老儿呢，碰上县委书记啦！"王来喜在心中咒自己一百个眼睛瞎了，嘴巴太快了，干吗要管领导的闲事，自己本来就累得个够呛，别人死活与我何关呀。王来喜转头又一想，管他呢，反正夏书记也不认识我，我是出于好心，也没骂他，只是叫他死老儿罢了。唉，以貌取人害死人啦。

　　但是，第二年6月，县里调整干部，王来喜顺利提拔为正队长。据林业局局长说，是夏书记那个老儿直接指示的。

2017年10月16日晚写于流眄斋

正午时分

董旺尔放下碗筷，朝屋外头乌云密布的天空只望了一眼，就操起放在大门旮旯里的一把铁叉，顺手拿下挂在墙上的一顶乌不溜秋的大斗笠戴在头上，朝屋里头说了一句"我去后背山上看瓜去了啊"，就一阵风似的，一只裤腿卷至小腿、一只裤腿半卷在脚颈，匆匆出了门。

大门口两棵枣子树，一棵主干倾向门口塘，另一棵主干直挺挺的，蹿得老高老高。骤风乍起，恣意地扫动着枣树干，刹那间半红的、青白的枣子扑簌簌地往地上、水塘掉，董旺尔见状，边向屋头走边扯起嗓子对屋里头喊着："少舫，么事果磨叽？有阵头雨要来，快叫几个伢儿出来捡枣子，我到瓜地去了啊！"

从门口出来向左转，董旺尔刚刚走过用几根树条临时搭起的小木桥，踏上屋后的小山坡，七月天的正午阵头雨，即"噼噼啪啪"地打在他的斗笠上，抽在他瘦削但很精干的后背上，裤腿一下子就被雨水淋得湿漉漉的。

董旺尔身体向前倾着、步子越来越密、几乎是一阵小跑的，来到了屋后小山坡顶的看瓜草棚里。在这里，可以一眼望得到今年春上他与妻子少舫种下的几亩西瓜地。

董旺尔把铁叉立在棚子一角，围着棚子朝瓜地扫了一遍，就转至棚门口，用手抹去脸上的雨水和汗水，轻轻地透了一口气，磕了磕脚上鞋子里的水。眼前一片绿的波浪让他的心一下子静了下来。掏出上衣口袋里的卷烟、火机，打了好几下点着了一根烟，舒服地吸了几口。及时雨啊！这雨一下，瓜就像是灌了甜浆一样，长得快、发个头哩！可以多变点钱，儿女们读书不着急了，家里开支松泛些了，这苦吃得也值！

想到这里，董旺尔就往棚子里的竹床上躺下来，想舒适地眯一会儿。

雨仍是一阵一阵地紧紧地下着。简易的草棚里，雨脚斜斜地从草棚缝隙钻进来，暑气水汽交织，弥漫在窄小的草棚里。

忽然，董旺尔从草棚的一个较大的缝里看到了瓜地里的异样。

他腾地起身，操起铁叉，斗笠也顾不上戴，即奔跑过去。一个戴着黑不溜秋大斗笠的人，披着一块白塑料布，弓着腰正在瓜地里"偷"摘下一个大大的西瓜！

董旺尔一下子气得心痛，那个大大的西瓜，要是卖了，可以给儿女们买几支笔几个本子呀！

他朝那人怒吼一声："你这贼好大的胆，光天化日竟做偷鸡摸狗的事！你要是欠嘴欠吃，不晓得自己种啊！"

那个人吓得抬起头，西瓜滚向一边，哆嗦地盯着董旺尔手里的铁叉："我没想到这么大的雨，也有人看瓜！但我不是做贼啊！"

"你说得好听，不是做贼？说得鬼也不信啊！我种瓜累得个要死，你就拣个现成的，哪有这样的怪事！说吧，赔钱还是我叫大队干部来把你带到派出所去？"

"董师傅，董师傅，千万千万手下留情啊！我是隔壁大队的，我家里八十多岁的老母亲病重，说欠吃西瓜，家里钱都诊病花光了。听说董师傅种了西瓜，西瓜长得好，就想趁下雨来搞个回去给老娘甜甜嘴呀！"

董旺尔七十多岁的老母亲前几年过世时，附近塆下里还没人种西瓜，有一回一个小贩推着板车走村入户卖西瓜，老母亲用十个鸡蛋换半边西瓜，一家老小七个人，连瓜皮都吃得只剩下薄薄一层。老母亲牙不好，吃西瓜可不妨碍，董旺尔至今记得老母亲当时吃西瓜的馋样子。

"你说的是真的还是假的哦，你不是在骗我吧？"董旺尔放下铁叉，盯着那个人的眼睛问。

"我要是骗你，天打雷劈！不管怎么样，我都不会拿老娘来骗人呀！你开个恩，大人有大量，董师傅，你让我把这个瓜拿回去，等这季稻谷收了卖钱还你瓜钱，行不行？"

七月天正午的阵头雨说停就停了下来，一抹阳光从天边云层直射至被雨水冲刷得透亮透亮的瓜藤上，董旺尔弯腰跳过一瓜垅，直奔一棵瓜藤下，拂去藤蔓，一个硕大的西瓜露了出来。他看了看瓜蒂上的卷须，然后摘下西瓜，递给那人说："这个瓜差不多快熟了，你看这瓜上的卷须。你那个瓜可惜了，还没熟，不甜。不要你钱了，哪个人没娘老子，哪个屋里没老人，更何况是病得快要没命了，是吧！"

"快走啊，塆下人问就说是在我这儿买的！我还要去看前面的瓜垅沟里积水没有啊！"

那人取下大斗笠，脸上不知是雨水还是泪水，汪汪地泛着尘土般的亮。他朝着董旺尔深深地躬了一躬，就把装着大西瓜的蛇皮袋子往肩上一甩，快速地走向山坡下，消失了。

写于 2017 年 12 月 12 日

自寻烦恼

彩燕这几天特别地堵心。脑子里怎么也转不过弯来：我是要娶儿媳妇的呀，怎么成了我要嫁儿子一样呢？

彩燕有两个儿子，都是省城重点大学的研究生，性格比较内向，参加几次国考找工作，总算考到了理想的工作岗位，却都已过三十岁还没有成家。

好不容易经人介绍，小儿子交了个对象，年前也认了亲，两个孩子、大人相处得不错，彩燕开心得时不时在朋友圈晒儿子与女朋友的照片，晒两家人假期短程游的照片，满足感爆棚。

可是，彩燕怎么也想不到，两个孩子商定"五一"小长假之前领结婚证，竟然都没有提前告诉她，临到第二天要领证了，儿子才在六人微信群里，让她明天一早把户口本送到他们上班的城市，领证要用。

彩燕一听，懵了："怎么没有提前告诉我们啊，临要领证了才说？"

儿子说："不是上班都忙嘛！女朋友说想要给两边老人一个惊喜的。"

准亲家母玉萍在群里说："女儿给我说过的，我赞成，亲家母，喜事啊！"

彩燕心里却一百二十个不开心，原来你们女方都商量好了，作为男方的父母竟然不知道，这算怎么回事呢？

彩燕正烦闷着时，儿子的女朋友，那个性格开朗活泼的女孩发来一个开心的笑脸说："阿姨，麻烦明天早上八点之前把户口本送到啊，我们是定好八点领证的，谢谢阿姨。"

彩燕几乎要崩溃了，你们连时辰都看好了，如果不是需要户口本，恐怕证领了我们都不知道。就因为你们家借钱给我们买婚房、认亲让我们少用钱，你们就可以自作主张领证而不和我们商量？你们虽说过让儿子做上门女婿，可是我并没有答应啊！

彩燕没好气地回道："八点之前怕送不到吧，你叔叔乘车过来要一个多小时，年纪大了起不了那么早。"

玉萍说："亲家母如果怕坐车来不及送，要不我们一早开车送去？"

彩燕没再在群里吱声了。微信群里一片沉寂。

玉萍28日下班后，就和丈夫一起驾车直奔女儿工作的城市度假。一路上，玉萍对着丈夫牢骚不止：

"都怨你当初说这男孩子能从三本发奋考取重点大学研究生，有潜力，你看看，他到底有什么潜力？这么一点小事都不晓得提前办好！这不是没拿结婚当回事嘛！

"还说什么能在农村培养出两个研究生的父母必定不错。你看看，她这样的爱面子，讲情理，以后成了亲，事情多着呢，那处处要考虑情理、面子，这可如何好打交道？

"都怪你当初借钱给他买婚房，我也不在乎他家有多少钱，只要对女儿好就行，可现在，我看不出他们家有待女儿的诚意。我女儿不是非他家不嫁的！"

丈夫听玉萍说完，闷闷地抛出一句话："你们女人啦，就是头发长见识短，这不叫瞎操心嘛，都什么年代了，不晓得过过省心的日子，孩子的事让孩子自己办不就得了嘛！"

29日傍晚，玉萍一家在公园里散步时，彩燕打电话来了。连打两次，玉萍都没有接，索性把手机关了。还气呼呼地说一句："打什么电话啊，让我们这样的没面子，好像我家求着要嫁女儿似的。"

只一会儿，玉萍丈夫的手机响了，一看是亲家打来的。亲家嗓门大，连说："对不起啊，亲家！老婆她农村妇女，大脑一时半会儿没有转过弯儿来，明天咱们两家聚聚吧，毕竟微信里话不好说清。"

玉萍丈夫说："好啊，我们明天一早回来，中午去老地方，两家人一起过个节。"

玉萍恼怒地对丈夫说："你答应你去，反正我不去，想想就窝心。"

女儿拉着玉萍的手撒娇："妈，你是不是不想我嫁出去啊，我今年都 27 了呀！回去吧，只是个面子拉不下、小误会而已。他对我很好的。"

30 日中午，城里"老灶房"二楼大厅，两家坐在一起，桌子中间一捧鲜红的玫瑰格外醒目。彩燕还有些扭捏，只见准儿媳走过去，亲热地搂着她肩膀说："阿姨，对不起啊，都怪我们只顾自己的想法，没考虑大人们的感受，造成不必要的误会。阿姨不要计较啊。"

彩燕丈夫大声地说："没有什么事，都是一家人了，今天我俩亲家喝两杯，就把亲事定下来，免得孩子们既要忙上班又要考虑我们的心事，我看就 5 月 20 日，年轻人说 520 我爱你，俩孩子去把证领了，国庆就把喜事办了吧！亲家，你们同不同意啊？"

玉萍丈夫说："当然同意，这多省事啊，我做生意时间不够用。玉萍，你说是不是？"

玉萍拉起坐在旁边的彩燕的手，开心地笑了："亲家母，只要女儿愿意我没意见，一家人了，随意一点，你说是不是？"

彩燕说："好啊，喜事喜办，我非常乐意。"

不知何时，那捧玫瑰已被女孩子抱在怀里了。

写于 2018 年 5 月 11 日

后记

　　《烟雨樱花》是继《流眄斋文集》后，我的个人第二部文学作品集。收录于书中的这些文字，绝大多数都在纸质报刊、文学类公众号和新浪博客上发表过，其中散文《长林之美》发表在《黄冈日报》后，还被学习强国平台选用推送。

　　作品创作时间上起2017年，下止2021年底。多数文章后都附有写作时间，不为别的，目的就是日后翻起，不仅能翻开当时的文字，更能翻开、回味当时的心情和世态。

　　收入本书的文字，大体按照四个小类来划分，即家园小简、联海畅泳、山水行吟和世象试笔，凡85篇。

　　家园小简22篇，主要写家人。没有刻意的装饰，都是家人某一刻、某一事、某一句话、某一举动所引起的内心波澜。我只想让文字记住，这发自内心的最纯粹的爱。时光会溜走，但是亲情只会愈来愈浓稠。

　　联海畅泳15篇，主要写联事。2018年初自微信结识楹联，拜师四海楹联研究院院长宋少强（网名尘封记忆，辽宁海城人）学习成联写作。在老师的指导下，不断摸索，不断积累，学习偶有所得。将文字收入本书，既是致敬老师的诲人不倦之心，亦是自己热爱国学、热爱楹联的一个见证。此部分文字曾全部发表在《中国楹联报》上。

　　山水行吟23篇，主要写游趣。这几年，由于各种原因，出外旅游较往年少了许多，但是近处的、身边的山水田园还是有不少的行走。特别是县作协组织了一系列的到乡村采风活动，每次采风结束，都用心地推敲文字，将山水田园人物记录于笔端，对山水变化有所思，有所悟，既陶冶了性情，又开阔了胸怀，感觉特别有意义。

世象试笔25篇，主要写人生百态。用白描的笔法，撷取人生某一个段落，某一件事，某些人，甚至某些现象，用留白的文字，给浮生作一些墨染。生活不易，很多时候，有很多的无奈，只有且行且珍惜。

此书文字的形成，有很多需要感激与铭记的老师与朋友。

感谢香港华文微型小说学会会长、著名作家黄东涛（东瑞）老师，谢谢他拨冗为本书的分类小标题——审核并调整，珠玉生辉，给本书增色不少。

感谢黄冈市作协秘书长杨文斌老师，谢谢他的热忱，谢谢他对一个文学爱好者的指点迷津。

感谢江苏省作家协会会员、著名作家周亚峰老师不吝赐教，展现了一个文人的胸襟与真挚。

感谢湖北省著名作家、蕲春县作协甘才志老师，蕲春县作协主席江清明老师和作协邱汉华、寒天等老师的不断鞭策和鼓励，才有我不断攀登的勇气与源泉。

感谢老前辈徐国生主席，谢谢他如父辈一般，在我学习的路上，一直给予温暖的支持与关心。

感谢北京语言大学教授、著名作家路文彬老师，四海楹联研究院院长宋少强老师为本书作序，名家笔墨，气象万千。

最后要感谢湖北新梦渡传媒有限公司肖本亮总经理及他的同仁，践约而行，真诚可以信赖。

学海泛舟，愿无一刻一丝松懈；

心田若砥，许得三生三世文章。

最后，谢谢有缘人！谢谢你们有缘结识此书，人生得良师益友，不亦乐乎！恳请你们批评指正，给我信心与力量！谢谢！

2022 年 6 月 15 日写于流眄斋